婚約破棄された研究オタク令嬢ですが、後輩から毎日求婚されています

nenono

24446
角川ビーンズ文庫

c o n t e n t s

エミール・フィッツジェラルド
魔道具研究室へ留学しにきた公爵。フレデリカの後輩
フレデリカ・ローレンツ
侯爵令嬢。天才魔道具研究者
婚約破棄された研究オタク令嬢ですが、後輩から毎日求婚されています

アーネスト・ラザフェスト
ラザフェスト王国の第一王子。
フレデリカとの婚約を破棄

ソフィ・エヴァレット
アーネストが結婚相手に選んだ男爵令嬢

スタイン・ローレンツ
フレデリカの父で侯爵

c h a r a c t e r

本文イラスト／いとをっかし

序章
始まりはプロポーズから

「フレデリカさん！　大好きです！　僕と結婚《けっこん》してください！」

「……え？」

朝、私が勤めている魔道具《まどうぐ》研究室のドアを開けた途端《とたん》、後輩《こうはい》であるエミール君に跪《ひざまず》いてこう言われたのだった。始業前ということもあり、既《すで》に来て会話を交《か》わしていた十数人の研究員達も一斉《いっせい》に静まり返り、私達に目を向けた。

エミール君は、晴れた日の海のような色の瞳《ひとみ》を輝《かがや》かせて私を見上げており、彼の金の髪《かみ》色《いろ》も相まって毛足の長い大型犬を思わせる。

私はそんな彼の勢いに一歩後ずさったが、すぐに気を取り直した。流石《さすが》にエミール君を跪かせたままでは気が休まらない。

「……とりあえず、立ち上がって」

「はい！」

エミール君が立ち上がり、私は安心すると断るために頭を下げた。

「私に婚姻《こんいん》の決定権はないので、父であるローレンツ侯爵《こうしゃく》に正式に申し入れをしてください」

そう返事をして彼の横を通り過ぎ、自分のデスクに向かう。

私は昨日第一王子のアーネスト殿下《でんか》との婚約破棄《はき》の通知を、父から知らされたばかりだった。その時に父は新しい婚約者について何も言ってなかったので、私が言えることは何もない。

「あの、待ってください。フレデリカさんは僕との結婚は嫌《いや》ですか？」

エミール君にそう問いかけられ振《ふ》り返ると、彼は喜びに弾《はず》んだ表情から一転して、不安げな眼差《まなざ》しを浮《う》かべていた。まるで叱《しか》られた大型犬を彷彿《ほうふつ》とさせるような表情だ。

「そもそも貴族の婚姻において嫌とかいう個人の感情は考慮《こうりょ》されないから、その質問は無意味では？」

「フレデリカさん個人としての考えをお聞きしたいんです。僕との結婚が嫌かどうかを」

「嫌かどうか……？」

今までそんなことを考えたことがなかったので、顎《あご》に手を当ててしばし考える。婚姻は家と家の結びつきで、利益があるかどうかでしか判断が出来ない。それに元より、人に対して好きとか嫌《きら》いとかの感情も抱《いだ》いたことがない。

「それは少し難しい質問……。『結婚は嫌』の定義がハッキリとしないことには。何もお

答え出来ません」

私は再度頭を下げると、自分のデスクに鞄《かばん》を置いた。彼は慌《あわ》てて私を追い横に来て、なおも不安げな目で問いかける。

「じゃあ、この気持ちは迷惑《めいわく》かどうかなら答えられますか？　僕はフレデリカさんのことが大好きです」

「迷惑……？」

「好きだと僕に言われることで、気持ち悪いとか感じたりしますか？」

「そんなことは思わないけれど……？」

彼が言っていることがよく理解出来なくて首を傾《かし》げた。

「じゃあ、僕が今後もフレデリカさんに好きと言ってもいいですか？」

「私の許可が必要？　発言することは自由。私に君を制限する権限はないよ」

「そう言ってくださるフレデリカさんが好きです」

彼は少し安堵《あんど》した様子で笑った。

「……？」

今まで人から好きだと言われた経験がないので、この場合何て返事をしたらいいのかわからない。社交で褒《ほ》められた時と同じ対応でいいのだろうか？　歴代の家庭教師達の教えを思い出しても、こういう場合の対応は聞いたことがなかった。

「はー……最初に会った時から、フレデリカさんのことが好きで仕方なくて」

「ありがとう……？」

とりあえず礼を告げると、彼は何が嬉《うれ》しいのかニコニコしている。

「自由にフレデリカさんに好きだと言えるのが嬉しいんです。今まではフレデリカさんが、婚約されていて言えなかったので」

「ん……？　私が婚約破棄されたことを、どうやって知ったの？」

「……フレデリカさんは知らなかったとは思うのですが、この国のほとんどの貴族は既に知っている情報です」

「……そうなの？」

私が研究室を見回すと、他《ほか》の研究員達は私から目を逸《そ》らした。

「とにかく、これで僕は堂々とフレデリカさんにアプローチが出来るわけです。今までは想《おも》いを押し殺していましたから」

「そう……」

「ええ。隠《かく》さずに好きだと言えるだけで嬉しいんです」

「それなら、良かった……？」

「はい。最終的な目標はフレデリカさんの気持ちを手に入れ結婚することですが、当面の目標としては、僕のこの気持ちをわかってもらえるように頑張《がんば》るところから始めます」

「何を頑張るのかよくわからないけれど、先ほど言った通り君の自由だから。好きにすればいいと思う」

「はいっ！」

やがて始業の鐘《かね》が鳴ると彼はそのまま隣《となり》のデスクに着席し、何事もなかったかのように作業を始めた。私もいつもと同じように今日の研究にのめりこんでいった。

第一章　こんな生活がずっと続けばいいのに

私フレデリカ・ローレンツは学院に通わず飛び級で卒業した後、魔道具《まどうぐ》研究室に入った。

魔道具研究室は、国が運営する魔法研究機構の一研究室だ。

魔法研究機構――大きな三階建ての研究機関で、王宮がある城下町から少し離《はな》れた場所に存在しており、魔法理論、魔法力学、魔法言語学、魔法開発などの分野ごとに研究室が分かれている。

魔道具研究室は魔道具の基盤《きばん》技術を研究し、それを通して新たな魔道具の発展に貢献《こうけん》する人材を養成することを目指す場所だ。王立学院を卒業し、試験と面接に合格することで入ることが出来る。

新たな魔道具の発展に貢献する人材を……と言っても、実際魔道具を研究することは重要視されておらず出世コースからも外れている。世間はいかに魔法の威力《いりょく》を上げるか、新しい魔法を開発するかを重要視しており、魔道具研究室の肩身《かたみ》は狭《せま》い。場所も研究機構の大きな建物の一階の端《はし》に位置している。

魔道具は生活必需品《ひつじゅ》になっているものの、主に魔力がなく魔法を使えない平民が使う物というイメージが定着している。

魔道具研究室には私を含《ふく》めて十数人が在籍《ざいせき》しているが、私以外は全員男性で平民か、もしくは男爵位《だんしゃくい》の跡継《あとつ》ぎではない者達だ。研究で功績を上げて上の役職を目指すというより、自分の家業の助けになるためにといった理由で働いている。


時は数ヵ月前に遡《さかのぼ》る。

ある日の午後、そんな人気《にんき》のない魔道具研究室にデイトン室長に連れられ見慣れぬ人物が入ってきた。

その人物は背が高く細身で色素が薄《うす》い金の髪色《かみいろ》をしており、常に笑顔《えがお》のせいか柔和《にゅうわ》な印象を受けた。研究員の皆《みな》と同じ白衣を身につけてはいるが、明らかに質が高い素材で作られたネイビーのシャツにネクタイをつけていて、彼が高位貴族であることを窺《うかが》わせる。

(確か、今日から入室すると言われていた——)

「皆、少し良いでしょうか?」

ガチガチに緊張《きんちょう》した室長は声を大きくして私達に声をかけると、横の人物に頭を下げ話し始めた。

「今日よりエミール・フィッツジェラルド公爵《こうしゃく》閣下が、ヴィルヘート国より留学でいらっしゃいました」

紹介《しょうかい》された彼はニコリと微笑《ほほえ》むと、胸に手を当て丁寧《ていねい》にお辞儀《じぎ》をした。

「はじめまして。今日から一緒《いっしょ》に研究させていただくエミール・フィッツジェラルドと申します。留学期間は半年間と短いですがよろしくお願いします」

彼は研究室を軽く見回し、私と視線があったかと思うとすぐに目を逸らした。

研究室に女性がいることを驚《おどろ》かれたのだろうか？

元々魔道具を研究する女性は世界的にも少ないし、魔法研究機構の建物内部で働いている女性もかなり少ない。そもそも働きに出る女性は珍《めずら》しいのだ。

「えー。フィッツジェラルド公爵閣下は、自国で魔石への伝導効率を上げる研究をされていたそうで、こちらで採れる魔石との伝導率の違《ちが》いを研究したいとのことです」

「あの、公爵閣下は止《や》めていただけませんか？」

「はっ！　申し訳ございません！」

室長が青ざめ咄嗟《とっさ》に謝ると、彼は困った様子で軽く手を振《ふ》った。

「いえ、ここでは僕は一介《いっかい》の研究員ですから、他の皆さんと一緒の対応をしてもらいたいだけなんです」

彼は室長にお願いすると研究員達の方を向き、愛嬌《あいきょう》がこぼれるような人懐《ひとなつ》っこい笑顔を見せた。

「皆さんも僕のことは先ほども言った通り、新人の研究員として扱《あつか》ってください」

研究員達は彼の言葉に対して頷《うなず》いたり、軽く頭を下げたり、笑顔で返したりしている。

「では公爵閣下……あっ！　申し訳ございません！」

室長がペコペコと彼に謝ると、彼は困った顔のまま曖昧《あいまい》に微笑んだ。

「ええと、フレデリカ君。こっちに来てください」

急に室長から手を振って名指しで呼ばれ二人のもとへ赴《おもむ》くと、研究員達も紹介が終わったと各自作業に戻《もど》り始める。

「彼女を紹介いたします。とても優秀《ゆうしゅう》なフレデリカ・ローレンツ侯爵令嬢《こうしゃくれいじょう》です。研究のことは彼女に教わってください」

室長から紹介を受けた私は、彼に向けて決まりきった貴族的な笑顔を作り、カーテシーをして挨拶《あいさつ》をする。

「はじめまして、フレデリカ・ローレンツと申します」

「はじめまして、よろしくお願いします」

彼は胸に手を当てながら頭を下げると、パァッと輝《かがや》かしい笑顔を私に向けた。

「彼女の研究内容は……」

室長がチラチラと私を見るので、続けて自分の研究内容を紹介する。

「今の私の研究テーマは人工魔石の開発です。その中で魔石の結晶《けっしょう》構造の研究もしているので、魔石の伝導効率を上げる研究にもお力になれるかと思います」

「人工魔石を？」

「ええ。魔石は天然物で、今は魔素の濃《こ》い場所でしか手に入りませんが、人工で作れるようになったら、物理的な魔道具の限界も超《こ》えられると思うのです」

「限界を超える……。今の魔道具の限界は、魔石に構造魔法式を書き込める容量によって決まっていますからね。薬品を用いて魔石を連結させることにより容量を増やすことは可能ですが、魔石自体が個体の相性《あいしょう》に左右されるので大量に連結させると安定しない……」

彼は口元に手を当てて考え込んでいるが、私が言おうとしていることを理解してくれて嬉しくなり、つい早口で言葉を重ねてしまう。

「その通りです！　人工で魔石を作ることが可能になったら、全《すべ》て一定の魔素濃度《のうど》で魔石を揃《そろ》えることが可能になりますよね？　安定性も増しますし、出来ることが格段に増える。そうしたら魔法を超えられるかもしれない」

さらに話を続けようとしたが、視界の端にいた所在なげな室長に気づいて、話を打ち切った。

「で、ではフレデリカ君、公爵閣下にご案内をお願いします」

「はい。わかりました……。それでは、ここの研究室の案内と、その奥にある実験室、次に魔道具工作室の設備の説明を私からさせていただきます」

室長はほっとした様子で私に案内をまかせ私達に頭を下げると、逃《に》げるように研究室から繋《つな》がっている室長室へ引っ込んだ。

デイトン室長は伯爵位《はくしゃくい》にある中年の貴族で、室長という肩書《かたがき》であるものの魔道具には詳《くわ》しくなく、魔道具研究室室長という閑職《かんしょく》に追いやられた立場だ。主に研究予算の割り振りや申請《しんせい》などの事務的な作業をしている。

室長は気が弱く強く出ることが出来ない性格で、特に身分が上の人物に対して怖《こわ》がっている節がある。私が魔道具研究室へ入った当時も私の身分ゆえに、今のような過剰《かじょう》に怯《おび》えた態度だった。

彼の担当をまかせられたのも、私がこの研究室で一番身分が高いからだろう。

私は彼に向きあうと、貼《は》りつけたような貴族的な笑みを再度浮《う》かべた。

「フィッツジェラルド公爵様ではなく、何とお呼びしたらよろしいでしょうか？」

「では、エミールと」

「エミール様ですね」

「様もなくてかまいません。それから、出来れば敬語もなくていいです。もっと気楽な感じで接してもらいたいと、後で他《ほか》の皆さんにもお願いするつもりです」

彼は訴《うった》えるように私を見るが、流石《さすが》に呼び捨てには出来ない。

「……エミール様と。私のことはフレデリカと呼んでください」

「フレデリカ……さん」

彼は私の名前を口にすると、わずかに顔を赤くした。

「はい。私も敬語はなくて構いません。研究員の皆には敬語を止めてもらうようにしています。研究のためにも効率化が最優先なので」

「効率化……」

「ええ。身分差を気にして回りくどい言い方をされたり、気遣《きづか》われたりすると、何を求めているのか伝わらないことが多いですから。余計な手間と時間が増えるだけで、無駄《むだ》なものは出来るだけ減らしたいです」

私が研究室に入った当時は、室長を始め周りの皆も私に対して腫《は》れものに触《さわ》るような扱いで、色々と困る面も多かった。数年かけて徐々《じょじょ》に皆と同じ扱いにしてもらい、今でも周りから距離《きょり》を取られてはいるが、日々の研究のやり取りでは困らなくなった。

「なるほど。そういう観点から。フレデリカさんらしいですね」

彼はそう言って、クスリと少し笑った。

「私らしい？」

「いえ、なんとなくそう思っただけで。ここでは貴族的なことは止めましょう。フレデリカさんも、無理して笑わなくてもいいです。疲《つか》れるでしょう？」

私は少し悩《なや》んだが、貴族的な笑《え》みを止めてスンとしたいつもの表情に戻すと、彼は声を弾《はず》ませた。

「そう、それがいいです。僕に対しては、単なる研究室の後輩《こうはい》と思ってください。それに、僕への敬語はなくしてもらえませんか？」

「……でも流石にエミール様は公爵というお立場ですし、年齢《ねんれい》も私より上ですよね？」

私は今年十八歳だが、彼はとても私より下には見えない。

「確かに僕は二十歳《はたち》ですが、効率的ではないですよね？　それに研究室に入ったばっかりの新参者に、身分が一番上のフレデリカさんが敬語を使っていたら、他の皆《みな》さんも身分差を気にして、研究に関することを教えていただくのに支障をきたします」

確かにまず私が彼に対して扱いを改めないと、周りの皆も気安く接することは出来ないだろう。彼は半年しか在籍《ざいせき》出来ないのに、余計なことで時間を無駄にさせたくはない。

「わかっ……た」

私が敬語を止めると、彼は嬉《うれ》しそうに顔を綻《ほころ》ばせた。

「良かったです。出来れば、『エミール様』も止めてほしいです。他の皆さんを呼ぶ時と同じ感じでお願いします」

「他の人と同じように……？　では『エミール君』ではどう？」

「はいっ！　それでお願いします！」

彼はニコニコと嬉しそうに喜んでいる。

「エミール君も私に対して、敬語を同じように止《や》めてほしい」

「僕はずっと誰《だれ》に対してもこうなんですよね。この方が楽というか……。僕の素《す》がコレなんです」

「そう……楽ならかまわないけれど」

私はそれから彼に今いる研究室の説明を行う。ここは研究の他、居室も兼《か》ねており、実験データの整理や検討、議論を交《か》わす場所にもなっていること、使用上の色々なルールを教えながら彼の個人デスクへと案内した。

「僕のデスクはフレデリカさんの隣《となり》ですか？」

「ええ。無理矢理デスクを増やすために、私のデスクと並べたから少し狭《せま》いかもしれない。使い辛《づら》かったり、別の場所が良かったりしたら替《か》えても……」

「ここがいいですっ！　替えなくて大丈夫《だいじょうぶ》なので」

彼は食い気味に言うと、持っていた鞄《かばん》を何もないまっさらな彼のデスクに置いた。

続けて研究室の奥にある実験室に移動する。実験室では、魔石《ませき》の構造や強度、特定の環《かん》境《きょう》下《か》での変化、薬品を用いて魔石の反応などを調べたり、他にも魔道具に使う新しい材料を作ったり、薬品を合成したり様々なことが出来る。そのための実験装置が置かれていて、とても楽しいところだ。

安全上のルールや機材の説明をし終わると、研究室を出て廊下《ろうか》を挟《はさ》んだ対面に位置する工作室に入った。実験室よりやや広めに造られており、魔道具を製作することが出来る。他にも魔石を削《けず》ったり加工したりすることも可能だ。その奥には魔道具を作るための素材保管室がある。

「後は……」

工作室を出て、廊下を進んだ隣の少し小さめの部屋に入る。

「ここは休憩室《きゅうけい》。元々魔道具研究室の教授がいる部屋だったけれど、高齢《こうれい》のため来られなくなり、代わりの人員を探して不在のまま二年。誰も使ってないから私達が勝手に使っている場所。水場もあるからお茶を淹《い》れることも可能。お湯はこちらの湯を沸《わ》かす魔道具を使って」

ここに元いた教授は、私に色々な魔道具の基礎《きそ》を教えてくれた人だ。言葉は少ないが優《ゆう》秀《しゅう》な人だった。教授がいた時は、私はよくここに入り浸《びた》って終業時間を過ぎても教えてもらいたがったため、無理をさせてしまったことがある。それからは反省をして、しっかり時間を守ることにした。

「ありがとうございます」

「わからないことがあったら、その都度私に聞いてもらえれば。建物内にある他の研究室と共有のカフェテリアとか資料室、図書室などの説明は受けた？」

「はい。午前中にハンゼン理事長から色々と案内してもらいました」

ハンゼン理事長は魔法研究機構のトップで、過去に魔法省長官でもあった人だ。私も何度か会ったことがある。魔法が至上と思っている典型的な貴族で、会う度《たび》に魔法開発研究室の方へと誘《さそ》われるので少し辟易《へきえき》している。

「そう。じゃあ、大丈夫だね」

私達は自分のデスクに戻《もど》りつつ、他に説明しておいた方が良いものを考えていると、エミール君から私が作った魔道具が見てみたいと要望が上がった。

「大型の物は除くとして……魔力波形測定機は少し時間がかかる……。緊急脱出《きんきゅうだっしゅつ》用魔道具も試《ため》せない」

何を見せれば、効果が目に見えてわかりやすいだろうか……と悩みつつ自分のデスクの椅子《いす》に座ると、自分の白衣のポケットに入れていた物が太ももに当たった。

これがあったと、いつも持ち歩いているメモ用の魔道具をポケットから取り出す。私の横に座った彼にその魔道具を渡《わた》すと、彼はまるで壊《こわ》れ物を持つように大切そうに両手で受け取った。

「簡単な物で申し訳ないけれど、私がアイデアをメモするためにいつも持ち歩いている魔道具」

「金色の懐中時計《かいちゅうとけい》……？　でも文字盤《ばん》はなくて、代わりに白い画面になっているんですね」

エミール君はキラキラとした目で、私が渡した魔道具を色んな方向から観察している。

「外殻《がいかく》は懐中時計を流用しているの」

「なるほど。このリューズ部分に読み取り部分がついているから……。押すと画面に信号が印加、画面はライラル混合物？　ああ、そうか流動性があるんですね」

説明するよりも先に彼が理解してくれたのが嬉しくて、興奮して早口になってしまう。

「そう！　流動性を持たせることにより……っ！　いや、使ってみた方が早い！　このリューズ部分のボタンを押しながら、頭の中で何でもいいから形を想像してみてほしい。花でも何でも……」

そこまで言って私はこの魔道具の問題点を思い出し、彼の使用を止めようと手を伸《の》ばしたが既《すで》に遅《おそ》く、彼はボタンを押して魔道具を起動させてしまっていた。

しかし、彼は無事に魔道具を起動出来たようで、画面にジワジワと映像が浮《う》かび始める。問題なかったかと伸ばした手をしまい、映像が浮かびきるのを待つ。

これは『使用者の脳内イメージを画像として表示する魔道具――通称《つうしょう》メモリーリーダー』。

ある程度形が完成したところで、ボタンから手を離《はな》すように伝える。

画面に表示されたのは、長い黒髪《くろかみ》で少しつり上がった金色の瞳《ひとみ》をした色白の女性。上半身の正面姿で、白衣を身につけ白いシャツに紺色《こんいろ》のリボンをしている。つまり現在の私の姿だった。目の前にいるから、想像しやすかったのだろう。

「これ、凄《すご》いじゃないですか。え？　どうやって脳内の映像を……？」

エミール君が興奮しながら目を輝《かがや》かせる。どうやら彼は私と同じタイプで、魔道具の仕組みを知りたくなるようだ。

私は少し得意げにメモリーリーダーの説明をし始めた。

「実は単純な仕組みで出来ていて。魔法を唱える時に脳内にイメージを浮かべて、魔法を発動させるでしょう？　魔道具を作る手順で言えば、イメージを構造魔法式に置き換《か》えて魔法陣《まほうじん》として記述することで魔法を発動させるわけだけれど、これは単にイメージをそのまま映像で表示させるだけ」

「……単純？　……表示させるだけ？」

エミール君は目を見開き固まった。少し説明を簡略化しすぎたかもしれない。それからより詳《くわ》しい説明を数分かけてすると、彼は一応納得《なっとく》してくれた。

「なんとなくは理解出来ましたけれど……。全然単純ではないじゃないですか」

「え？　子どもでも作れるような技術しか用いていないでしょう？」

「技術の面で言ったらそうかもしれませんが……。どうやったら、そんな発想が……。色んな理論が複合的に絡《から》んでいて、ちょっとまだ理解が……。それに、技術革命が起きるような凄い代物《しろもの》ですよ？　これを使えば、魔道具は構造魔法式を用いずに、魔法を発動させることが出来るじゃないですか」

彼は興奮して凄いと褒《ほ》めてくれているが、まだこのメモリーリーダーの問題点に気づいていない。

「そんなに単純にはいかないよ。人間の脳内の映像は凄くあやふやなものだし、想像するにも限界がある。同じ物を見て脳内に思い浮かべたとしても、人によって違《ちが》う映像になるでしょう？」

「……そうですね」

「現に君が想像したこの私の姿も、現実の姿とは少し違うはず」

先ほどエミール君に使用してもらい私の姿が表示されたメモリーリーダーを、対比させるように私の顔の横に持ってくる。

彼はメモリーリーダーに映し出された私と、現実の私を見比べると頬《ほほ》を緩《ゆる》ませた。

「現実の方が美人ですね」

「……ありがとう。その認識《にんしき》も君の目を通して脳内で受け取られるので、私の認識とは多分違う。例えば火を出したいのに水をイメージしたら、魔法《まほう》だと発動しないだけで済むけれど、魔道具だと壊れる。極端《きょくたん》なイメージの差ではなくとも、微細《びさい》な差でも壊れる可能性がある。それに、なぜ壊れるのかっていう原因も究明し辛《づら》い。あやふやな基準だと、開発するのも一苦労」

「でも、毎年世界的に開催《かいさい》されている魔法学会で発表していれば……」

「そんな大層なものではないよ。それに、これにはもう一つ致命的《ちめいてき》な欠点があって。魔法が使えない人には、この魔道具も使えない」

「え……」

「私の専門じゃないから原理はわからないのだけれど、脳内イメージを外に出す能力の個人差によるのかもしれない。イメージを外に出せないから、体内にある魔力にも繋《つな》げられず魔法が使えないって説がある。多分同じ原因かもね。自分を基準に作ってしまったから気づけなかった」

貴族である私やエミール君は魔法が使える。ザックリと貴族は魔法を使える人。平民は魔法が使えない人が多い。なので、魔法を使えることが貴族のアイデンティティでもある。

先ほど、私はエミール君が魔法を使えない体質であった場合を失念していて慌《あわ》てたが、使えるようだったので安心した。もし使えない体質だった場合、彼を傷つけていた。その事実に寒気を覚えた。

貴族の中でも稀《まれ》に魔法が使えない人が存在する。魔法を重視する貴族社会で、魔法が使えない体質の人の生き辛さは尋常《じんじょう》じゃないだろう。

「魔道具は誰《だれ》でも使えるからこそ便利。使う人を選ぶのならそれこそ魔法でいい。だから、これは世に出してはいけないし、使い物にもならない」

「でも、これで魔法が使えない人の原因が究明出来るかもしれないじゃないですかっ！　将来的に今魔法が使えない人も使えるように……あ」

彼もそうならないことに、言っていて途中《とちゅう》で気づいたのだろう。皆《みな》が魔法を使えるようになったら、貴族の優位性がなくなってしまう。そんなことを今の貴族達が許すはずがないし全力で潰《つぶ》そうとするだろう。魔道具は魔石の容量という物理的な限界が今はまだ存在するから、魔法を超《こ》えていない。そのため製造が許されているのだ。

「だから廃棄《はいき》すべきなのだけれど……。でも、初めて作った物だから捨てられなくて。今でも思いついた図形アイデアをこれで自分用にメモするくらい」

自嘲《じちょう》気味に語ると、エミール君が残念そうに他《ほか》のやり方があるかもと考え込んでいる。自分で使い物にならないと言いつつも大事にしていた物だったので、エミール君がなおも凄いのにと惜《お》しがる様子に少し慰《なぐさ》められた。

その後は、エミール君からヴィルヘート国の魔道具を見せてもらったり、最新の魔法工学について語りあったりしていると、あっという間に終業の鐘《かね》が鳴る時間になった。

「……もうこんな時間」

私はもう少しエミール君と喋《しゃべ》りたいと思ったが、初日に彼を残業させないためにも先に帰り支度《じたく》を始めた。

「帰るんですか？」

「終業の鐘が鳴ったら帰って大丈夫《だいじょうぶ》。エミール君も遅くならないうちに帰って」

「はい。ありがとうございます。では、また明日《あした》」

「……また、明日」

そういえば……私はこの研究室に来てから、誰かに帰りの挨拶《あいさつ》をしたことも、されたこともなかった。不思議と温かい気持ちになり、彼に挨拶を返すと帰路についた。

帰り道、馬車の中でエミール君との今日の会話を思い返していた。こんなに喋ったのは初めてかもしれない。いつも、他の研究員とは最低限の研究の話しかしない。皆も私のことは身分差があって怖《こわ》いだろうし、私も人と話すよりは研究のことを一人で考えている方が楽しかったから、話しかけることはなかった。

彼がクルクルと表情を変えて、喜んだり残念そうにしたりしている様子が犬っぽく感じられて、少し微笑《ほほえ》ましい。彼の表情に加え、柔《やわ》らかそうな髪もそう思わせるのかもしれない。

昔、私が初めて魔道具の勉強をした時、犬のぬいぐるみを隣《となり》に置いて一緒《いっしょ》に本を読んだなと思い出し、懐《なつ》かしい気持ちになった。

自分が言ったことを理解してもらい、さらに同じテーマについて語りあえることは、なんて楽しいことなのだろう。早くも明日が待ち遠しい。

「こんな生活がずっと続けばいいのに……」とポツリと一人で呟《つぶや》いた。

エミール君が来てからしばらく経《た》ち、彼は研究室の皆とすっかり打ち解けたようだ。朝や休憩《きゅうけい》時間によく、研究室の皆と笑いあいながら気軽に話しあっているのを見かける。

彼はいつの間にか皆の研究の得意分野について把握《はあく》しており、よく他の人にも相談に行っているようだ。それを遠目から眺《なが》めつつ少し寂《さび》しさを感じながらも、彼の研究のプラスになっているようで良かったと思う。

そんな中、私の幼い頃《ころ》からの婚約《こんやく》者である、この国の第一王子・アーネスト殿下《でんか》の学院卒業が二ヵ月後に迫《せま》っていた。

アーネスト殿下は王家特有の燃えるような赤色で撥《は》ねた短髪《たんぱつ》、目つきは鋭《するど》く黒い瞳、火のような苛烈《かれつ》な性格をしている。私とは数ヵ月に一度ある行事ぐらいでしか交流がないが、会う時はいつも不機嫌《ふきげん》だ。周りの臣下もそんな殿下に手を焼いているらしく、困っているのを何度も見かけたことがある。

殿下の卒業後は結婚準備をしなくてはいけないため、私は研究室を辞《や》め王宮に移り住まなくてはならない。

エミール君と一緒にする研究を、とても楽しく感じていたため名残惜《なごりお》しい。正直、今まで生きてきた中で一番研究が楽しいかもしれない。

彼と研究のことについて話すのは勿論《もちろん》、教えたことは何でもすぐに吸収してくれて、細かいところにもよく気がつき、書類作成も丁寧《ていねい》。優秀《ゆうしゅう》なエミール君と一緒に研究することは、痒《かゆ》いところにも手が届く感じで今までになく捗《はかど》っていたのだ。あと、二ヵ月で終わってしまうなんて。

私は研究室で取り終わったデータを書類にまとめる作業をしながら、少し溜息《ためいき》をついた。

「お疲《つか》れですか？」

横のデスクで作業中だったエミール君が、私がついてしまった溜息に反応する。

「いや、研究が出来るのもあと少しかと思うと……」

「あと少し？　フレデリカさんは、研究を続けられないんですか？」

「そう……だね。エミール君の留学が終わるより前に研究室を辞める予定。私が最後まで教えられないことは申し訳ないのだけれど……。でも君は他の皆とも上手《うま》くやり取り出来ているから問題ないと思う。ちゃんと最後まで協力するし心配しないで」

心配する彼を安心させようと研究には問題ないことを告げたが、彼は納得《なっとく》せず表情が険しくなっていった。

「いえ、そんなことより、なぜフレデリカさんが研究室を辞めなければならないんですか？」

「ああ。私はアーネスト殿下の婚約者で、二ヵ月後に結婚準備に入るため研究室を辞めることになっているの」

「結婚したら辞めなくてはいけないんですか？　フレデリカさんは、望んでいないのでは？」

彼の少し怒《おこ》っているかのような勢いに少し押されてしまう。

「仕方のないことでしょう？　出来れば研究を続けたいけれど、王妃《おうひ》になるからには自分の都合で研究を続けたいなんてワガママは許されない」

「なんで……、僕だったら……っ！」

彼は悲痛な表情を浮《う》かべると固く手を握《にぎ》りしめた。一瞬《いっしゅん》私から目線を外し、軽く息を吐《は》くとまた私を見つめ直した。

「いえ、フレデリカさんほどの才能の持ち主に研究室を辞めさせるなんて、その方が国益を損《そこ》なうでしょう」

「大げさな。過大評価でしょう、それは」

「そんな……」

今でさえ、私は道楽でやっていると自覚している。今やっている人工魔石の開発も辞めるまでには間にあわない。データを取っておいて、いつか私の後に来た同じ研究をする後続に残すことが私に出来ることだ。

研究室に勤めている以上、研究結果を国内で発表することはあるが、世界的な学会で何かを発表したことはないし、論文を送ったこともない。道半ばで終えることがわかっているから、中途半端《ちゅうとはんぱ》なことは出来ないと思っている。

興味が惹《ひ》かれたものに片っ端《ぱし》から手を出し、ただ自分が楽しいからという身勝手な理由で研究しているのだ。

ローレンツ侯爵《こうしゃく》家という巨大《きょだい》な権力があるから、結婚までのワガママを許されていた。そもそも女性が働くこと自体、淑女《しゅくじょ》としては白い目で見られる。結婚したら、なおさら働くことは許されない。跡《あと》継ぎを産むことが一番の仕事だからだ。

ここまで話してから、私は休憩時間ではなかったと我に返り時計を見るが、丁度お昼の休憩時間の鐘の音が流れる。

エミール君は一瞬躊躇《ためら》うような表情を見せた後、真剣《しんけん》な表情で私に向きあった。

「昼食を一緒に取りませんか？　よければお話をもっとしたいのですが」

私はいつも研究に没頭《ぼっとう》していて昼食を取らないか、デスクで食事を済ませることがほとんど。だけれど、話をしたいのならと承諾《しょうだく》した。

「僕はお弁当を持ってきているのですが、フレデリカさんは？」

「私も持ってきているから、どこで食べても大丈夫」

私達は研究室を出て廊下《ろうか》を少し進んだ先の休憩室に入った。水場や四人掛《が》け程度の大きさのテーブルがあり、便利なのだが古く少し狭《せま》い。研究室の皆《みな》は共有施設《しせつ》である綺麗《きれい》なカフェテリアで、昼食を買って食べることがほとんどらしい。そのため、休憩室には私達以外に誰《だれ》もいなかった。

私達は休憩室にあるテーブルに対面で座り、持ってきた昼食を広げた。

「え？　それは……？　長方形の小麦色の棒状……？　食べ物ですか？」

エミール君は、私が持ってきた昼食に怪訝《けげん》な顔を浮かべる。

「ああ、これは家の料理人に作ってもらった携帯食品《けいたいしょくひん》。便利。全《すべ》ての栄養素が詰《つ》まっているし、片手で食べられるから作業の邪魔《じゃま》にならないの」

研究室に通い始めた当初、私が昼食を取らなかったことで痩《や》せてしまい、それからは家の者達からお弁当を持たされた。しかし、それも時間がないからと手をつけなかったことが多く、私に少しでも食べさせるように考案された食料だ。

いつもは気がついた時に食べるか、エネルギー不足で軽いめまいを覚えた時に食べる。

「えっ……、なるほど。食事も効率性重視なんですね。美味《おい》しいんですか？」

「そう言えば、味は気にしたことがなかった。食べやすいから美味しい……と思う。食べ物は栄養さえあればいい。咀嚼《そしゃく》自体も面倒くさくて、食べないことが多いから……」

「いつも研究をしていて食べているところを見ていないと思ったら、本当に食べていなかったんですか……」

「時々は食べているから、問題はないよ」

彼が私にとても残念な子を見るような視線を向ける。家の者にもよく向けられる視線だ。

「フレデリカさんが忙《いそが》しいと思って遠慮《えんりょ》している場合じゃなかった……。これから一緒にお昼をちゃんと取りましょう」

「……遠慮？　わかった。それより、君はカフェテリアでいつも食べていると思っていたよ」

彼は一瞬苦々しい表情を見せると、困ったように答えた。

「カフェテリアは色々と面倒なんですよ。なので、いつも一人でここで食べています」

私は少し意外だった。エミール君は親しい研究仲間も出来たように見受けられたのに。

昼食はいつも彼らと共に取っていると思っていた。

しかし、彼は高位貴族なので色々と事情があるのかもしれないと勝手に納得した。

それからエミール君が緊張《きんちょう》した面持《おもも》ちで、やや声を潜《ひそ》めて聞いてきた。

「アーネスト殿下との関係を聞いてもいいですか？　言えないなら大丈夫《だいじょうぶ》ですが」

私は口の中の物を食べ終わると頷《うなず》いた。

「殿下と婚約したのは、十歳の時。私には兄がいるのだけれど、兄はローレンツ侯爵家の後継者《こうけいしゃ》に決まっている。だから、この縁談《えんだん》は将来の地盤《じばん》固めでしょう。私と殿下との間に子どもでも出来れば……」

エミール君の手が止まりピクリと顔が引きつったが、すぐに笑《え》みを浮かべた。

「いえ、そういうことではなく。フレデリカさんは殿下のことを、どう思っているんですか？」

「殿下《でんか》のことを……？」

頭の中に殿下のことを思い浮かべてみるが、私にとっては仕事の一環《いっかん》という認識《にんしき》しかない。

「……どう思うか以前に、殿下とはあまり接点がない」

「接点がない？　婚約者《こんやく》なら……夜会へ一緒《いっしょ》に参加するとか、デートとかするでしょう？」

エミール君が、苦虫を噛《か》み潰《つぶ》したような表情で聞いてくる。

「デート？　夜会は出席要請《ようせい》があったものだけに一人で出席して、挨拶《あいさつ》などの務めを終えた後は、壁際《かべぎわ》でずっと魔道具《まどうぐ》の構造魔法式を考えていたかな。そうすると数時間はあっという間で、時間が来たら帰るという仕事だった」

「殿下は出席すらしなかったんですか？」

エミール君が驚愕《きょうがく》して目を見開いている。

「いや、多分来ていたのではないかな？　遠目に赤い髪《かみ》の人物を見た気がする。だけれど殿下の弟君のリュカ殿下かもしれない。同じ赤い髪をされているから」

「……そうですか」

エミール君の顔がますます険しく変化する。これが普通《ふつう》だと思っていたが、他国からすれば信じられない行為《こうい》なのかもしれない。

我が国の評判が下がってしまうと少し慌《あわ》てて、私はフォロー出来るようなことを高速で脳内検索《けんさく》する。

「いや、でも殿下は国の行事にはちゃんと出席していたから問題はないと思う」

「フレデリカさんに全部をまかせていたんじゃないですか？」

やっと見つけた殿下のフォローが出来そうなことを、すぐに否定されてしまった。

「……それでも支障はなかったから大丈夫。殿下は事前に行事の手順を覚えないタイプだったから、殿下に覚えるよう進言するより後で怒られることになっても、私が全部覚えておいてその場で教える方が行事は滞《とどこお》りがなかったから」

咄嗟《とっさ》に嘘《うそ》をつけなかった私が素直《すなお》に答えてしまうと、エミール君の顔がスッと真顔になり表情が消える。

「殿下はフレデリカさんに怒《おこ》っていたんですか？」

エミール君の冷気を感じるような少し怒った表情に、わずかに怯《おび》えそうになってしまう。

「そ、そうだけれど、適当に怒鳴《どな》ったらすぐに去っていくだけだし。殿下が失敗しないように先回りして全てフォローすることは婚約者としての役目でしょう？」

エミール君は顔をクシャッとさせ、泣きそうな表情で私を見つめた後、私に諭《さと》すように告げた。

「それは婚約者としての役目ではないし、普通は怒っていいんですよ」

「怒る……？」

「フレデリカさんが殿下をフォローすることで感謝されるならわかりますけど、怒られるって理不尽《りふじん》じゃないですか」

「私はそもそも、このことに怒《いか》りを感じていないし……」

怒っても相手を変えられるとは思わない。殿下は私と婚約した十歳の頃《ころ》から常に怒っていたし、そういう性格なのだろう……と思っている。それに、これが婚約者としての私の仕事なのだろうとも思っていた。

婚約者の役目ではないと言われると、じゃあ何が婚約者の役目なのだろう？　……と考えて私が黙《だま》っていると、エミール君は少し低い声で聞いてきた。

「……なんで、そんな男を庇《かば》うんですか？」

「え？」

「フレデリカさんは殿下のことが好きだから、何をされても許してしまうということですか？」

淡々《たんたん》とした口調で聞いてくる彼の表情からは、全く感情が読めない。

「好き……？」

「ええ」

「それは、世間でいう恋《こい》とか愛とかの話？」

「そうです。フレデリカさんは、そういう意味で殿下のことをどう思っているんですか？」

彼は変わらず無表情で、何を思って聞いているのか察することが出来ない。いつも彼は表情豊かなせいか、無表情のままでいられると少し怖《こわ》く思える。

「殿下のことは好きだとか考えたこともないし、それにそういうものは貴族の婚姻《こんいん》に不要でしょう？」

「そうですか……」

エミール君は片手で口を覆《おお》いながら、視線を斜《なな》め下に移して考え込んでいる。

「それに人に対して好きや嫌《きら》いと感じることが、そもそも理解出来ない」

「理解出来ない？」

彼は私に視線を戻《もど》し、首を傾《かし》げる。少しいつものエミール君に戻ったように感じられた。

「明確な定義があるわけではないし、人によって違《ちが》うもの。魔道具みたいに、この構造魔法式で動くという明確な答えが出せるものでもない」

「そうですね」

「それに私には必要じゃないし」

「必要じゃない？」

「そういう気持ちを理解したとしても、私の結婚は既《すで》に決まっているし何か変わるもので来ない。

「でも、人を好きになるって楽しいですよ？」

エミール君が切なげな目を私に向けながら訴《うった》えてくるが、彼が言っていることも理解出来ない。

「うーん。私には魔道具以上に楽しいことはないかな。今は少しでも研究をする方が大事」

昼食時間も終わり、私達は研究室に戻り作業を続けたが、エミール君は顔をしかめてずっと何かを考えているようだった。

それから一ヵ月半ほど経《た》ったある日、珍《めずら》しく父の執務室《しつむ》に呼ばれた。結婚のための準備が始まるので、その話だろうか。

私は執務室の前に立ち扉《とびら》を見上げる。この厚く重い扉と、言葉少なく全《すべ》てを拒絶《きょぜつ》するような雰囲気《ふんいき》の父の姿が重なる。やや立ち止まり覚悟《かくご》を決めると扉をノックした。

父の従者に扉を開けてもらい入室した私は、久々に父と対面した。父はいつも忙《いそが》しく、家にいることもほとんどないのだ。

今年四十五歳になる父は、色白の痩《や》せ気味で黒髪《くろかみ》をオールバックに撫《な》でつけている。相変わらず父は眉間《みけん》に皺《しわ》を寄せて難しい顔をしており、彫《ほ》りが深いせいか目元は影《かげ》が落ちて暗く、私と同じ色をした金色の鋭《するど》い目つきがこちらを委縮させる。

父に向かってカーテシーをして挨拶を述べると、父は座ったまま頷いた。父が座っている執務机の前まで足を進めると、父に王家からの書簡を渡《わた》され何事かと思う。

その書簡に目を通すと、王家から『アーネスト・ラザフェストとフレデリカ・ローレンツの婚約破棄《こんやくはき》』の通達が記載《きさい》されていた。通達日の日付は数週間前である。

私は目を大きく見開き青ざめた。

「え？　ローレンツ侯爵《こうしゃく》家としては影響《えいきょう》があるのでしょうか？　それに日付が数週間前ということは、もう終わったことでしょうか？」

私は自分が家の不利益になってしまったのかと、父から失望される恐怖《きょうふ》で身をすくませたが、父は落ち着き平然としている。

「それを寄こしなさい」

書簡を父に返すと、父はそれを雑に丸めて横に置いた。

「そうだ。もう終わったことだ。全て片づいてからフレデリカには知らせようと思っていた。侯爵家としても婚約の解消を正式に受け入れ、手続きは既に済ませてある」

「……そうですか」

自分の背筋に汗《あせ》が伝うのを感じる。私の価値は殿下《でんか》と結婚をし、侯爵家に利益をもたらすことだと思っていたので、急に自分の価値がなくなってしまい足元が崩《くず》れたような感覚に襲《おそ》われた。

「これはあちらの都合で、こちらには何も瑕疵《かし》はない」

「あちらの都合……ですか？」

「ああ……。詳《くわ》しくは言えないが、侯爵家として何も損害はない。むしろ有利に……いや、このことについては、私が色々と進めているので心配しないように」

「そう……ですか」

何も損害はないと言われたことで、私は少し体温が戻ってくるのを感じた。父がそう言うのなら、政治的な判断をした上で受け入れたのだろう。

「あの、殿下との結婚がなくなったということは……私は何をすればいいでしょうか？」

「何もする必要はない」

「何も……？　では研究室を辞《や》めなくてもいいのでしょうか？」

「そうだ。辞める必要はない」

父のその言葉に、もうしばらく研究を続けられそうで安心する。

「そうですか。ありがとうございます。それで、私には新たな婚約相手がいるのでしょうか？」

「フレデリカには……、結婚したい相手が誰《だれ》かいるのか？」

私は父が言った意味が理解出来ず首を傾げた。

「仰《おっしゃ》っている意味がよくわかりませんが、私はお父さまの決定に従います」

「そうか……」

父はますます眉間に皺を寄せると黙ってしまった。私の婚約相手はまだ決定していないのだろう。家と家が絡《から》む問題だから、すぐに決められることではない。そのうち、ローレンツ侯爵家の利益になるような婚約相手を紹介《しょうかい》されるのだろう。

そのまま沈黙《ちんもく》が続き、やがて父から退室を促《うなが》された私は礼をすると執務室を出た。扉の前で緊張感《きんちょうかん》から解放されると、大きく安堵《あんど》の溜息《ためいき》をついた。新たな婚姻が結ばれるまで、ほんの少し研究を続けられる猶予《ゆうよ》が出来た事実は嬉《うれ》しい。


それが昨日のこと。そして今朝、私が研究室に着いた途端《とたん》エミール君に研究室で突然《とつぜん》結婚を申し込まれたのだ。

私は彼からの申し出を「父であるローレンツ侯爵に正式に申し入れをしてください」と断ったのだが、そのまま始業の鐘《かね》が鳴り研究に集中して朝のことを忘れていた。

昼休憩《きゅうけい》の鐘が鳴るとエミール君から昼食に誘《さそ》われる。最近は、私があまりにも食べないことを心配した彼から、昼休憩になると必ず声をかけられる。いつもの休憩室に移動し、家から持ってきたいつもの細長くて四角い携帯食品《けいたいしょくひん》を食べていると、対面に座った彼がじっと私を見つめている。

「……フレデリカさんが好きすぎる……」

彼が呟《つぶや》いた脈絡《みゃくらく》がない言葉に、食べていた物を喉《のど》に詰《つ》まらせそうになったがなんとか飲み込んだ。

私が怪訝《けげん》な顔をしてエミール君を見ると、彼は少し遅《おく》れて自分の発言に気づいたようだ。

「あ……。フレデリカさんが両手でサクサク食べている姿がカワイイなぁ……と。そう思ったら、心の声が自然に出てしまって」

「申し訳ないけれど、私はそういうことを言われた時に、なんて返事をすれば一般的《いっぱん》に正解なのかわからない。習ったことがないし」

私は今後もこういうことが続くようなら、今の時点でどう対応すればいいのかわからないと、彼に開示しておこうと思い伝えることにした。

「正解はないですけど……。今の『好き』は、単に勝手に口から出てくる独り言みたいなもので、返事は求めていなかったのですが……」

「じゃあ、『好き』って言われても返事はしなくてもいいということ？」

彼は少し考えてから首を横に振《ふ》った。

「いや……ほしいですね。僕は、フレデリカさんに僕が言っている『好き』を理解してもらってから、返事がほしいです」

「……『好き』を理解してから……？」

「ええ。まずフレデリカさんは、『好き』も『嫌《きら》い』もよくわかってないですよね？」

「……わからない」

私がしばらく考えてから素直《すなお》に答えると、エミール君は真面目《まじめ》な顔で頷《うなず》いた。

「僕はこれから毎日、全力でフレデリカさんに『好き』を伝えます。フレデリカさんのことが好きな僕をサンプルとして観察してもらい、『好き』とはどういうことなのかを、研究して理解してほしいです」

「観察して研究する……」

「『好き』という気持ちが理解出来た時に、僕に対して返事をください。多分その時には、僕のことを受け入れてくれるのか判断が出来ると思います」

私をしっかりと見据《みす》えた彼の目からは、真剣《しんけん》な様子が伝わってくる。

「わかった。私なりに理解出来るように頑張《がんば》ってみる。全力で君が伝えようとしてくれるのなら、私もそれに対して向きあわないとフェアじゃない」

「……本当に、そういうところ大好きです」

彼が嬉しそうに笑《え》みを浮《う》かべるのを見て、喜んでくれるのなら『好き』という気持ちを理解出来るよう努力しようと決めた。

(やっと……ここまで来ることが出来た)

エミールは留学中に借りている自室の執務机に座りながら、自分の手をぎゅっと握《にぎ》りしめると、自分の想《おも》いをフレデリカに伝えることが出来た嬉しさを実感していた。

想いを伝えるどころか、今日の昼食時にはフレデリカさんから自分と向きあってくれるという言葉まで引き出せた。これはかなりの進歩だ。

フレデリカさんは真面目で責任感が強く、人が真剣にやっているどんなことでもちゃんと向きあってくれる。これは一緒《いっしょ》に研究をするようになって感じたことだった。そんなフレデリカさんが大好きだ。

僕がこの研究室に入り、初恋《はつこい》相手のフレデリカさんと一緒に過ごせるようになって夢のような日々だったが、ふとした瞬間《しゅんかん》に自分の想いが暴走して口をついて出そうになってしまう。その度《たび》に彼女が他《ほか》の人の婚約者だということを突《つ》きつけられるのだ。

今まで、フレデリカさんはアーネスト殿下の婚約者だったために、自分の想いを告げること自体が罪だった。

彼女から殿下の仕打ちを聞いた時は、僕が婚約者だったらそんなことはしないのにと、怒《いか》りでおかしくなりそうだった。いっそのこと彼女をさらって、自国に連れて帰ってしまおうかと馬鹿《ばか》な考えがよぎるほどに。

彼女はそんなことは望んでいないと必死に踏《ふ》みとどまったが。

それに、この国はフレデリカさんの凄《すご》さをわかっていない。魔道具《まどうぐ》が下に見られる風潮は世界的に存在している。しかし、ここ最近は徐々《じょじょ》に変わってきたのだ。

技術力が格段に上がり、近い将来魔道具は魔法を超《こ》える。魔石の限界は突破《とっぱ》出来そうな段階に来ているのだ。気づいている国は既《すで》に、魔道具開発に長《た》けた人間を囲い込むよう動き始めている。

正直言ってフレデリカさんは規格外の天才だ。だが、この国にいることでかなり制限されてしまっている。魔道具研究室は冷遇《れいぐう》され研究機材も、素材も、研究費もかなり少ない。

そしてなぜかフレデリカさんは、今まで世界のどこにも研究内容や論文を発表したことがない。おかげで彼女の凄さを、まだ世界のどこにも知られていないし、彼女自身も気づいていない。もし知られたら、この国は彼女を逃《に》がしはしないだろう。僕にとっては好都合だが、歯がゆくもある。

僕が今自国に造っている研究施設《しせつ》でフレデリカさんに存分に研究をしてもらい、制限がない状況《じょうきょう》で彼女に輝《かがや》いてもらいたい。僕はそれを可能にする力を持っている。

留学期間が終わるまで後三ヵ月しか猶予が残されていない。それまでに、フレデリカさんに結婚《けっこん》を承諾《しょうだく》してもらい自国に連れて行きたい。

プロポーズ自体は、元より承諾してもらえるとは思っていなかった。

人のことを好きになることがわからないフレデリカさんは、まだ僕との結婚を判断出来る状態ではない。自分のことを好きになってもらう前に、『好き』とは何かということを理解してもらう必要がある。

僕にとってあのプロポーズは、フレデリカさんに意識してもらうためと他人への牽制《けんせい》の意味あいが大きい。研究室でのプロポーズで、明日《あした》には噂《うわさ》が広まってくれるはず。

婚約者がいなくなったフレデリカさんを狙《ねら》う貴族は多い。国内の金融《きんゆう》業、造船業、鉱業、貿易などあらゆる分野で巨大《きょだい》な権力を持つローレンツ侯爵《こうしゃく》家と、縁戚《えんせき》になりたいと思う貴族は多いだろう。

そこで、僕がプロポーズを真っ先にすることで、ある程度フレデリカさんへの求婚者を潰《つぶ》すことが出来る。まだ他の求婚者が出ていないことは把握《はあく》している。

貴族社会の嫌《いや》なところだが、フレデリカさんの言う通り貴族の結婚の決め手は条件だ。フレデリカさんに言い寄るのならば、僕より良い条件を提示する必要がある。

しかし、僕より良い条件を提示することが出来る人はかなり絞《しぼ》られるだろう。金銭的な条件は勿論《もちろん》、フレデリカさんの能力を最大限引き出せるのは僕しかいない。彼女の願いを全《すべ》て叶《かな》えられる自信がある。

それでも彼女に言い寄るような身のほど知らずが出た場合は、どんな手を使ってでも全力で排除《はいじょ》するしかないけれど。出来ればそんなことが起こらないでほしい。

もし、フレデリカさんに知られたら引かれてしまうから。こんな僕のことは知られたくない。

しかし一番の課題は、フレデリカさんの気持ちだ。数ヵ月一緒に過ごしたが、フレデリカさんは僕のことを男だと認識《にんしき》しておらず、単なる後輩《こうはい》としか思っていない。

まず、一人の男だと思ってもらうことが第一歩だ。

今までは婚約者がいて動けなかったが、やっと遠慮《えんりょ》なく動くことが出来る。

まずは、フレデリカさんを探《さぐ》って彼女の望みを引き出さないと。どんな小さなことでも願いを叶えて、最終的には僕がいないと困るように囲い込んでいきたい。

――そうすればきっと、彼女の方から僕を求めてくれるようになるから。

第二章　心拍計

「フレデリカさん、好きです。結婚してください」

　翌日研究室に来たところ、またもやエミール君に結婚を申し込まれた。今日は赤い薔薇《ばら》の花束を差し出される。かなり大量で重そうだ。周りの研究員達はこの薔薇の花束に驚《おどろ》いている。

「花……？　それに結婚？」

「はい。大好きなので、結婚してほしいんです」

　婚姻《こんいん》については昨日断ったはずなのだけれど。周りの研究員達も静まり返って、こちらを見ている。

「婚姻については、昨日言った通り父に聞いてくださいとしか言えない。それに『好き』と関係があるの？」

　昨日「私なりに理解出来るように頑張ってみる」と伝えたので、この結婚の申し込みと『好き』に関係があるのか考えてみる。

「あります。『好き』だから結婚したいんです。『好き』の延長上に結婚があります。僕はフレデリカさんにも僕を『好き』になってもらってから結婚がしたい。だから、それを伝えたいんです」

まだ『好き』と婚姻は点の状態で繋《つな》がっていない。デスクに向かって歩きつつ考えながら、花を抱《かか》えて横を歩いているエミール君に尋《たず》ねる。

「それで、この花は……？」

「最初はベタに一般《いっぱん》的な方法でやってみようかなと。世間的には想いを伝える時に、花束を差し出すことが多いんですよ」

「なるほど。私は一般的なことを知らないから参考になる。でも意味がわからない。これは受け取ってもいい物？　何かを肯定《こうてい》する意味だったりする場合には受け取れない」

「大丈夫《だいじょうぶ》です。フレデリカさんが受け取ったからといって、何も要求はしないので安心してください。これは僕の意思表示なだけなので」

「そう……。なら、ありがとう。後で家の者に取りに来てもらおう」

花束を受け取るとズシリとした重さを感じる。デスクにつき、そのままエミール君を見上げると彼は顔を赤らめた。

「薔薇とフレデリカさんという組みあわせが美しすぎる……。好き……」

「これも心の声……？」

私は昨日エミール君が「勝手に口から出てくる独り言みたいなもの」と言っていたのを

思い出す。

「そうですね。フレデリカさんにときめいた時に、勝手に心から好きと湧《わ》き上がってくるというか」

「ときめく？」

エミール君は少し緩《ゆる》んだ表情を浮《う》かべながら、嬉《うれ》しそうに語った。

「フレデリカさんの姿や行動、反応や言葉によって、素敵《すてき》だなぁとかカワイイなぁとか感じることですね」

私は心のノートに『私を見て何かしら好意的な感情を感じた時に好きと思う』と、『好き』の発生条件としてメモを取った。

「先ほど花を渡《わた》すことは意思表示だと言っていたけれど、どういうこと？」

私がひとまず花をデスクに置いて席に座ると、同じくエミール君も横に座った。

「そうですね、僕はフレデリカさんに好意を既に伝えていますけれど、普《ふ》通《つう》はなかなか好きと伝えるのは難しいんですよ」

「難しいの？　なぜ？」

「恥《は》ずかしいとか、断られたらどうしようとか、ちゃんと言っても伝わるかもわからないですし。花束を渡すことで、明確に好意を伝えようとしている意思表示になりますね。後は、相手に喜んでほしいとか」

私はデスクに置いた花束を見つめながら、『好きを伝えるのは言葉だけじゃない』と心のノートに続けて書き留める。

「なるほど。言葉以外でも意思表示になる……。相手に喜んでほしいとは？」

「相手が花を好きだった場合、笑顔《えがお》になってくれるかもしれないじゃないですか。好きな相手が喜んでくれると嬉しいですから」

「なるほど。相手が喜んでくれると嬉しい」

私は心のノートに『相手が喜んでくれると嬉しい』と追加する。

「今回はフレデリカさんが薔薇を好きかわからなかったので、渡してみようと思って。お好きですか？」

「……花は素材だなとしか。それよりも、これを使って何か出来ないかなと考えてしまう」

「フレデリカさんの好きに使っていいですよ。飾《かざ》る必要はないです」

「じゃあ蒸留してオイルでも抽出《ちゅうしゅつ》しよう。結構量があるし採れると思う」

「抽出したオイルは原液だと、あまりにも香《かお》りが濃厚《のうこう》すぎますよね。何かで希釈《きしやく》しないと……」

「いや香りが濃厚な方が……？　香りを特定の人物に強制的につけることが出来れば？　時々夜会でも香水《こうすい》をつけすぎているご婦人がいる。離《はな》れていても誰《だれ》かわかるくらいに。だから、例えば強盗《ごうとう》犯とかに投げつけて追跡《ついせき》する魔道具《まどうぐ》が作れないかな……」

「それはいいですね！　確かペトルさんの家が商会をやっていたはずです。役に立つか意見を聞いてみましょう」

　エミール君は近くにいたペトル君を呼びに行った。ペトル君はエミール君がよく仲良さそうに話している年上の研究員の一人だ。説明されながら連れてこられたペトル君は、軽く私に頭を下げると顔を引きつらせている。

「これ、さっきエミールがプロポーズに使っていた薔薇っスよね」

　ペトル君はよれた少し大きめの白衣を着用しており、袖《そで》をダボッとさせてデスクの上に置いてある花束を指さしたので、私は頷《うなず》いた。

「いや、エミールがいいならいいんスけど……。ローズオイルを犯人相手に使うとか高級すぎます」

「高級すぎる？」

　私が首を傾《かし》げると、ペトル君は白と黒のツートンカラーの頭をガクリと落とした。再び頭を起こすと大きな丸眼鏡の位置を直し、私に呆《あき》れながら苦言を呈《てい》した。

「フレデリカ嬢《じょう》は侯爵《こうしゃく》令嬢だから知らないと思いますが、この薔薇高いっス。しかもこんなに大量に……。普通にマッサージオイルとか、ヘアオイルとか美容系に使ってください。そういう高級商品作ってるところ紹介《しょうかい》するんで、その薔薇を使って作ってくれると思います。改めてエミールからプレゼントされてください」

「ペトルさん、ありがとうございます」

「あ、ありがとう……」

　エミール君がペトル君にお礼を言ったので私も続けてお礼を伝えると、ペトル君は目を少し見開いてからハハッと笑った。

「こんなことならいくらでも。最近は強盗も魔道具を使ってくるんで、対策してもイタチごっこなんスよね。単に自動で香りを噴霧《ふんむ》させるだけの魔道具でも、高級店で需要《じゅよう》があるかも……？　それなら、どんな香りがウケそうかエミールに意見を聞きたいっス」

「僕で良かったらお手伝いしますよ。フレデリカさんも女性側の意見がほしいので手伝ってもらえませんか？」

「え？　あ、勿論《もちろん》」

　急なお願いに私は驚いて承諾《しょうだく》するとペトル君が軽く笑ったので、不思議に思って首を傾げた。

「いや、意外だなって思っただけっス。研究に関係ないものは断るものかと。話してみないとわからないものっスね。じゃあ、近いうちにお願いします」

　ペトル君は軽く頭を下げるとデスクに帰っていく。

　今まで、こんなにペトル君と……いや、他《ほか》の研究員とも話したことがなかった。そもそもペトル君の家が商会をやっていたことも知らなかったのだ。

ペトル君に意見をもらわなければ、ローズオイルが高級なものだということにも気づけなかった。エミール君が私とペトル君を繋げてくれたおかげだ。

「……別の意見をもらえるのは良いね。自分だけだと視点が偏《かたよ》るから」

「そうですね。ペトルさんは家が商会だからか、研究内容もその視点がありますよね」

「そうだったのね……。そうだ、これ返しておくよ」

私がエミール君に薔薇《ばら》の花束を返すと、彼はテキパキと手際《てぎわ》よく花を保存するための魔法を施《ほどこ》した。彼のその作業が終わり、始業の鐘《かね》が鳴ったので私達は今日の研究を始めた。

その翌日もまた、研究室に着いた途端《とたん》エミール君から結婚《けっこん》を申し込まれる。

「フレデリカさん、今日も素敵ですね。好きです、結婚してください」

「もはや挨拶《あいさつ》……。それとも、そういうもの？」

もう三度目になるので、周りも慣れたのか最初の時のような注目はない。

私は足を止めず、自分のデスクへ向かう。

「フレデリカさんに会うと、気持ちが抑《おさ》えられないので仕方ないです」

「そういうもの……なのか。なるほど」

昨日の昼食時も、何かにつけて好きだの結婚してほしいだの言われた。彼は些細《ささい》なことでも常に満面の笑みで『好き』を伝えてくる。まるで、飼い主が移動する度《たび》にジャレつく犬のようだ。

「フレデリカさんは、何かほしい物はないですか？」

私は荷物を置き席に座ると、頰杖《ほおづえ》をついて自分のデスクにある書類や学術雑誌を眺《なが》めてしばし考えた。

「……全く思い浮かばない」

「そうですか。それなら、今日はこんな物を持ってきました」

横に座ったエミール君から書類を手渡《てわた》される。それを受け取り、パラリとめくると何か建物の設計図と説明が書かれていた。

「これは……？」

「僕が自国で今建設中の自分の研究所です。その次のページは納入予定の研究機材です」

「えっ！」

慌《あわ》てて次のページをめくると、私がいつも「この機材があったら……」と思っていた物ばかり記されている。

反射的に彼を見ると、彼は少し得意げに笑った。

「どうです？　ここで研究してみたいと思いませんか？」

「……して……みたい」

私は再び書類に目を走らせると、涎《よだれ》が出そうなほど魅力《みりょく》的な大型の研究装置が設置された実験室もあり、ここで研究出来たら今は出来ないアレもコレも出来ると頭の中で空想を巡《めぐ》らせた。

「僕と結婚してくれたら、この研究所で思う存分に研究することが出来ますよ」

「……え？」

私は婚姻《こんいん》関係を結んだら、研究を止《や》めなくてはいけないと思っていた。結婚しながら研究を続ける道もあるのかと、凄《すご》く魅力的な提案に心が揺《ゆ》らぎそうになる。

しかし、私が婚姻を決めることは出来ない。ローレンツ侯爵家の当主は父だ。それに従わなくてはいけない。私は書類をエミール君にそっと返した。

「……私には婚姻についての決定権がないから」

「そうですか……。でも、少しは僕と結婚した後の生活を想像してくれました？」

彼は私が返した書類を鞄《かばん》にしまうと、穏《おだ》やかに微笑《ほほえ》んだ。

「結婚した後の生活？」

あまりピンと来なくて彼に聞き返してしまう。

「ええ。結婚は仕事じゃなくて生活ですよ。僕はフレデリカさんに日々喜んでもらえるように、貴女《あなた》が望むことは何でも叶《かな》えますよ」

「それは、昨日言っていた『相手が喜んでくれると嬉《うれ》しい』から？」

「そうです！　僕はフレデリカさんに喜んでほしいし、一緒《いっしょ》に楽しく暮らしたいです」

「楽しく暮らす……」

結婚した後は、王妃《おうひ》の仕事をこなして子どもを産むくらい。今までそれしか想定したことがなかった。そこに楽しさなど入る余地はない。

「出来れば、僕と結婚した後の生活を想像してみてほしいです」

「……わかった」

その日エミール君と一緒にいつもと同じように研究をして過ごし、これが結婚後も続くのならと仮定すると楽しそうに思えたが、やはり私個人の感情で婚姻関係を結ぶなんて不可能なことで、結婚後を想像するのは全《すべ》て無駄《むだ》なように感じられたのだった。


あれから毎日エミール君は私に会う度に結婚を申し込んできたが、今では誰《だれ》も気にしなくなった。そんな昼食休憩《きゅうけい》の時のこと。

私とエミール君は昼食を食べ終わり、早めに研究室に戻《もど》ってきた。

「今日はフレデリカさんのために面白《おもしろ》い魔道具《まどうぐ》を持ってきたので、今から皆《みな》で遊んでみませんか？」

私が目を見開いて頷《うなず》くと、彼は研究室にいた他の人達にも声をかけ、皆を集めた。

新しい魔道具と言われ心が弾《はず》む。

研究室の議論を交《か》わすために少しひらけた場所で、エミール君が持ってきた魔道具を簡単に組み立てるとすぐに完成した。

その魔道具は円形の黒い土台に細い棒がついていて、その先端《せんたん》には赤いバルーンのようなものが装着されている。バルーンを触《さわ》ってみると柔《やわ》らかく、弾力性《だんりょくせい》がある特殊《とくしゅ》な素材で出来ていそうだった。

その魔道具は、土台からコードで別の黒い四角いボックス状の本体らしき魔道具に接続されている。ボックス状の魔道具は表面に丸い目盛板と指針がついている。

私が持ち上げて色々確認《かくにん》していると、他の人達も覗《のぞ》き込んでくる。

隣《となり》にいたエミール君が少し声を大きくして魔道具の説明を始めると、皆覗き込むのを止めて彼に注目した。

「これは最近騎士《きし》団が訓練で使うようになった、色んな力を計測出来る魔道具です。こちらのボックス状の測定機を色んな他の魔道具に接続することによって、物理攻撃《こうげき》力や魔力、防御《ぼうぎょ》力、魔法抵抗《ていこう》力、素早《すばや》さなどが計測出来ます。今回は単純な物理攻撃力の測定が出来るのでまず僕が使ってみますね」

エミール君は周りの皆に離《はな》れてもらうと魔道具から少し距離《きょり》を取り、勢いをつけ腰《こし》を入れて思い切り赤いバルーンを殴《なぐ》りつけた。

少し大きな音が鳴り響《ひび》き、測定機の針が『七五〇』という数値を指し示す。その数値が高いのか低いのかわからないが、数値を確認した周りから感嘆《かんたん》の声が上がる。

私が測定機の方に近寄りしゃがみ込み確認していると、エミール君が隣に来たので見上げた。

「力を数値として見えるようにするのは、わかりやすいし面白いね」

「でしょう？　平和な世の中なので、騎士の向上心を煽《あお》るためにこれが作られたらしいです」

皆も試《ため》してみたいと面白がり順にパンチしていくことになった。バスンとパンチする音が響き、皆はその数値に一喜《いっき》一憂《いちゆう》している。しかし、エミール君の数値を超《こ》える人はいない。

私は少し離れてその様子を見ていたが、エミール君に声をかけられた。

「フレデリカさんもやってみますか？」

私は内心ワクワクして頷くと、自分で作った『身体能力強化のブレスレット形の魔道具――通称《つうしょう》身体強化ブレスレット』を身につけ効果を最大値にして起動させる。

私がバルーンまで歩いていき、握《にぎ》った手を後ろに引いてからペチッと殴りつけると、今までで一番重い音が鳴り響いた。測定機は針が『一〇〇〇』を超えて振《ふ》り切っている。

「……あ。身体能力強化を最大値にすると超えるのか」

「フレデリカ嬢《じょう》、それはズルいっスよ……。つか、どんだけ身体能力向上させてるんスか。そのブレスレットを見せてもらっても？」

「勿論《もちろん》」

ペトル君にそう言われ、ブレスレットを外すと快く渡《わた》した。

「それにズルいって言われても。実際戦う時はどんな手を使ってもいいでしょう？　求めている結果に最短で到達《とうたつ》出来ればいいのだから」

エミール君はそれを聞いて、何がおかしいのかクスッと笑った。

「そうですね。僕達には魔道具があるから、それを使用しないのはおかしいですよね」

「このブレスレット、結構エゲつない作りしてるっスね……」

渡した身体強化ブレスレットを見ていたペトル君が漏《も》らすように呟《つぶや》くのを聞いて、私は少し得意げになった。

「確か、最大で千二十四倍の身体強化が出来る。短い間だけれど」

皆ポカンと口を開けたかと思うと、ペトル君を真ん中にして他《ほか》の研究員達も次々に私の身体強化ブレスレットを近くの机に置いて調べ始めた。

エミール君はその輪に交らず私の隣に来ると、私に椅子《いす》を勧《すす》め、お互《たが》い椅子に座る。

「あのブレスレットは、自衛のためのものですか？」

「いや、あれは単に肉体作業用。魔道具を作っている時に、時々力がいる作業があるでしょう？　私は力がないから必要に迫《せま》られて個人的に作った物。魔法をいちいち発動させるのは面倒《めんどう》くさいから。自衛の魔道具はまた別に持っているよ」

「また別の？」

「ええ。自分で作った防御……というか、緊急脱出《きんきゅうだっしゅつ》用の魔道具をね。侯爵家の者だと狙《ねら》われる可能性が高いから、起動すれば一瞬《いっしゅん》で自宅に転送されるの」

私は首元の紺《こん》のリボンをほどき、常に身につけている魔道具を外してエミール君に渡した。スカーフリング形の魔道具で、青色のピチュオ魔石を使用している。

「なるほど。一つの機能に絞《しぼ》ったんですね」

「魔石の容量的に。魔石を増やして機能を増やすことも出来るけれど、魔石の分物理的に重くなるから……。逃《に》げることが一番重要だから一つで充分《じゅうぶん》かなって」

「僕は、自動で防御魔法が発動する物が作りたいんですが……」

その後は、エミール君が作りたい魔道具の相談に乗っていると、他の研究員達からも先ほどの身体強化ブレスレットのことで聞きたいことがあると言われた。

今までエミール君以外に教えることがなかった私は、魔道具の話が出来ると喜んで皆に教えたが、時々私の説明が足りないらしく理解されない。その度《たび》にエミール君に私の説明に補足してもらい、無事に皆に理解してもらった。私は皆と魔道具の話をして、なおかつ頼《たよ》られることに初めて嬉しさを感じたのだった。

そんなある日、事件が起きた。

朝研究室のドアを開けると、いつもエミール君が私のもとに来るのに今日は来ない。

私は研究室内を見渡《みわた》すと、彼のデスクの前で研究員のカール君と立って会話しているエミール君を見つけた。

「おはよう。どうしたの?」

「おはようございます。いえ、朝来たらこれが置かれていまして……」

エミール君のデスクの上に、可愛《かわい》らしいラッピングがされたクッキーと封《ふう》をされている手紙。私が触ろうとすると、エミール君に止められた。

「待ってください。カールさんが一番初めに研究室に来たそうなのですが、その時からあったそうです。ただ研究室の鍵《かぎ》が開いていたと……」

「あー……毒?」

「ええっ!」

エミール君の横にいたカール君が驚《おどろ》いて声を上げる。カール君は黒髪《くろかみ》の白くモチモチとした肌《はだ》、ふっくらとした体形で、おっとりとしている研究員だ。確かエミール君と同い年。

「フレデリカさんの言う通り、毒の可能性を疑っています」

私達高位貴族は常に毒を混入される危険性がある。毒ではなくとも睡眠薬《すいみんやく》を盛られて犯罪に遭《あ》う可能性が高い。

「今から成分分析《ぶんせき》してみます。幸い実験室に機具もありますし」

エミール君は手袋《てぶくろ》をつけるとお菓子《かし》と手紙を実験室へ運び、私達も後に続いた。

彼が浅い皿状の成分分析機の中央にクッキーの一部を置き、分析機を発動させると、微《かす》かに音が鳴り反応し始める。これは主に魔石《ませき》や薬品などの成分分析に日常的に使っている物で、物体が何で構成されているのか解析出来る。

分析が終わるのを待っている間に、カール君から説明を受けた他の人達も集まってきた。

徐々《じょじょ》に分析機のまわりにある、円形の外側に配置された四十八個の魔石達が光り始めた。

この魔石は物質が構成される基礎《きそ》的な成分に対応しており、どの魔石が光ったかで構成要素が判別出来る。

研究員達が固唾《かたず》をのんで見守っていると、魔石の八つが大きく点滅《てんめつ》し分析を終えた。

光った内五つはクッキーの成分で、後三つが混ぜられた物だと判明する。

「この配合は……精神系に作用する魅了《みりょう》の薬？」

私がエミール君の後ろで呟くと彼は頷《うなず》いた。後ろにいた他の研究員達もどよめいている。

続いて手紙の方も同じく解析すると紙とインクの成分の他に血液が混ざっていると判明し、その結果に研究員の皆《みな》から小さい悲鳴が上がる。

強力な毒物が塗《ぬ》られていなくて良かったと少し安堵《あんど》したが、他の問題が残っている。

「魅了の薬だけ……？　何のために。毒じゃなくて良かったけれど、研究室に入り込まれたのは問題」

「そうですね。それに僕のデスクじゃなくて別の人のデスクに置かれていたら、誰《だれ》かが誤って食べていたかもしれません。それが一番怖《こわ》いです……」

エミール君は肩《かた》を落とし落ち込んでいたが、私が声をかけるよりも早く彼の後ろにいたカール君から肩を叩《たた》かれ慰《なぐさ》められた。

「エミール君のせいじゃないよ。その犯人が悪いよぉ。後で室長に頼《たの》んで魔法研究機構の上の人に報告してもらおう」

「ありがとうございます。カールさん」

エミール君は丁寧《ていねい》にクッキーと手紙を保全のため袋《ふくろ》に詰《つ》め、私達と一緒《いっしょ》に実験室を出て研究室へ戻《もど》った。

「これの犯人って、アレだよな」

私の後ろにいたペトル君が他の人に言った言葉が聞こえた。

「アレ……？」

私が足を止めて振り返ると、ペトル君は少し面白《おもしろ》そうに聞き返してきた。

「フレデリカ嬢は見たことないっスか？　いつもエミールに群がっている女性達」

私が思わず隣《となり》にいたエミール君を見上げると、彼は苦々しい表情を浮《う》かべた。

「いやね、エミールがこの研究室に来た頃《ころ》から、正面エントランスを出たところの馬車乗り場で、エミールが出てくるのを待ち伏《ぶ》せする女性達がいましてね」

「知り合い……？」

「違《ちが》いますよ！　僕はフレデリカさん一筋ですからね」

エミール君に凄《すご》い剣幕《けんまく》で否定されたが、続けてペトル君が説明してくれる。

「エミールは顔もいいし、物腰《ものごし》も柔《やわ》らかだし、金持ってそうだし、女性を連れてもいないっスよね。そんな優良物件、滅多《めった》に残っていないデショ？　だから、若い女性が殺到《さっとう》するんスよ」

「エミール君の地位を考えれば、婚姻《こんいん》を申し込みたい家が多いのは納得《なっとく》出来る。それで魅了の薬を用いて強引《ごういん》に婚姻を結ぼうとしたのか……」

私がウンウン頷いていると、ペトル君は何もわかってないという表情を浮かべた。

「地位もあるでしょうけど、この場合顔じゃないっスか？」

「顔……？」

私が隣にいたエミール君の顔をまじまじと見つめると、彼は少し顔を赤くして目を逸《そ》らした。

「フレデリカ嬢《じょう》はわからないいんスか？　エミールは相当顔がイイっスよ？」

「ええ？　それと何の関係が……？」

私は顔の造形と、今回の件が結びつかず混乱する。

「単純に顔が良くて、好きになって追いかけた。それだけっスよ」

「好きに……？」

ここでいきなり『好き』という事象が出てきて少し驚いた。ペトル君はさも当たり前かのように答えたが、私は理解が出来ない。

「顔がいいと好きになるの？」

「そりゃー、好きになるデショ。エミールは、その女性達に告白されてたよな？」

「あー……まぁ。勿論《もちろん》断りましたし、迷惑《めいわく》ですと何回も注意したこともあるんですが、なかなかわかってもらえなくて」

エミール君の顔を改めて覗《のぞ》き込むと、彼はますます顔を赤くした。

確かに彼の顔は均整が取れている顔だと思う。彫刻《ちょうこく》家が目指すような、少しの間違いも許されない繊細《せんさい》なバランスの上に成り立っているような顔。

心のノートに『顔がいいと好きになる？　要再考』と書き記した。

私は魔道具の外装にもこだわったりはしない。性能が良ければ何でもいいと思っている。しかし、ローレンツ侯爵《こうしゃく》家で使っている魔道具は全《すべ》て綺麗《きれい》な装飾《そうしょく》が施《ほどこ》されている。私は無《む》駄《だ》だなと思っているのだが、侍女《じじょ》に「私は性能よりデザイン重視です」と言われたので似たようなものかもしれない。

　ペトル君は難しい顔をしてウムムと唸《うな》っている。

「まぁ諦《あきら》めないっスよねぇ……。確か何人かは夜会で会ったことがある人って、前に言ってたよな？」

「夜会……？」

　エミール君は、ばつが悪そうな顔をして曖昧《あいまい》に笑った。

「いや、まぁ……。この国に来てから色々誘《さそ》われることも多くて……」

　高位貴族になると、顔を出さなければいけない催《もよお》しが存在する。彼も単に留学だけではなく社交もこなさないとならないのだろう。

「大変ね……」

　思わず同情すると、彼は首を横に振《ふ》った。

「でも、最近は参加していないですよ。追いかけまわされることに僕も困って、この魔法研究機構の警備員に頼んで正面エントランスじゃないところから出入りしていたんですが、数人はカフェテリアや通路で見かけるようになって……」

「正面エントランスは警備員がいて、身分証のチェックがあるのに？」

　私が驚くと、エミール君はほとほと参ったように溜息《ためいき》をついた。

「それが、他《ほか》の研究室や部署の職員の娘《むすめ》だったりすると入れてしまうみたいで……」

身分が高い者の娘だと、なかなか追い返すのは難しい。この魔法研究機構は魔法省の天下り先でもあるのだ。

「誰がクッキーを置いたか証拠《しょうこ》を摑《つか》んでいるわけではないし、上に言ってもすぐに解決しないかも……」

ペトル君の隣にいたカール君がボソリと呟《つぶや》くと、その場にいた皆は黙《だま》ってしまった。

私は少し考えると、エミール君の一番望むことを聞いた。

「エミール君はどうしたい？　国際問題に発展させれば、どんな身分の娘だろうと罰《ばっ》することは出来ると思う」

「あまり大事《おおごと》にしたくないですね。もし、大事にすると研究室に通えなくなる可能性がありますから。ただでさえ短い留学期間なのに、こんなことで無駄にしたくはないです」

「うん」

「ただ、皆さんに迷惑をかけたくないです。僕一人のことだったら、食べ物に何か混ぜられたりしても、毒物などを無効化する魔道具を常に身につけているし対処出来るので」

エミール君はそう言うと、いつも身につけているタイリング形の魔道具を指し示した。

「それなら、関係者以外を弾《はじ》く魔道具を作ろう」

私がそう提案すると、皆ポカンと口を開けた。

「また研究室に侵入《しんにゅう》された時、今回のようにわかりやすいとは限らない。何かに薬物を塗《と》布《ふ》されたり、巧妙《こうみょう》な手段に出られたりするかもしれない」

「関係者以外を弾くって……、どうやるんスか？」

ペトル君から疑問の声が上がる。

「えっと……。私が前に研究して開発した『個人が持つ魔力波形《まりょく》を認識《にんしき》する魔道具――通《つう》称《しょう》魔力波形測定機』と、市販《しはん》されている『バリアを発生させる魔道具――通称バリア発生装置』を組みあわせれば出来ると思う」

人は誰しも生まれついての魔力波形を持っている。魔力がないとされている者でもそれは存在し、目に見えなくとも常に体から発せられているものと判明した。

最近の研究で魔法が使える使えないの差は、個人の体内にある魔力量の問題ではなく、それを使えるかどうかであることもわかってきた。

「それに、幸い魔道具研究室は一階の端《はし》に位置しているから、研究室手前通路の四隅《よすみ》に魔道具を設置して部外者の侵入を弾くエリアを作ればいい。そこを通らなければ研究室に入れないし、廊下《ろうか》なら他の魔道具が万が一干渉《かんしょう》する心配もない」

私が頭の中で配置を考えていると、カール君は軽く手を挙げて質問した。

「でもバリア発生装置は高価だし、ウチの研究室にはないよねぇ？」

バリア発生装置はある程度の貴族の家であれば防犯目的で使っている。勿論ローレンツ侯爵家でも使っているし、昔使っていて余っているのがある。

この魔道具は、メインシステムの円柱形魔道具と青白く光る四つの四角錐形《しかくすいけい》魔道具がセットになったもの。メインを起動すれば、それぞれの四角錐が結ぶ範囲《はんい》にバリアが発生する仕組みだ。

やや効果範囲が狭《せま》いため、家では使わなくなったが廊下で使う分には充分《じゅうぶん》だ。

「それは私の家で使っていないのがあるから、後で持ってきてもらう」

「そんなポンと……」

「ここにバリア発生装置が到着《とうちゃく》するのは終業後だと思うから、それから作業すれば一日か二日で出来るでしょう。丁度明日《あした》は休みだし、残って私が作っておくよ」

エミール君は私を見て一瞬嬉《いっしゅんうれ》しそうにしたが、我に返ると慌《あわ》てだした。

「フレデリカさんだけに作業させるわけにはいきません！　僕も手伝います！」

「いや、大丈夫《だいじょうぶ》。私は作りたいから問題ないけれど、エミール君を残業させるわけにはいかない」

「元々は僕が原因で起こったのに、協力出来ないなんて申し訳なさすぎます」

「……じゃあ、お願い」

彼の罪悪感と残業を天秤《てんびん》にかけてお願いすることに決めると、他の皆《みな》も次々に手伝うと言い始め困惑《こんわく》する。

「俺らに危害が及《およ》ばないようにってことだったら手伝わないと」

「……時間外の労働になってしまうし……」

結局押し切られ、皆で終業後に作り上げることになった。

「これで大丈夫っスか？」

「薬品は、その配合で問題ないよ」

終業後ローレンツ侯爵家の従者からバリア発生装置が届き、私達は研究室の廊下を挟《はさ》んで向かいにある工作室で作業を始めた。

私は魔力波形測定機とバリア発生装置を繋《つな》げるための制御《せいぎょ》装置を製作。

他の人達には、廊下の距離《きょり》や高さの測定、バリア発生装置の効果範囲などの設定書き換《か》え、魔力波形測定機に研究員全員分の魔力波形の登録などをお願いした。

各自作業を進め、数時間かけて私が作っていた制御装置も完成し、他の人の仕事も終わりつつある。

「後はコードを編むだけですね」

隣《となり》に座っていたエミール君に言われ頷《うなず》く。コードは違《ちが》う魔道具を物理的に繋げるために、少し面倒《めんどう》な手順が必要だ。今回のために調合した薬品に浸《ひた》して乾《かわ》かした紐《ひも》を手作業で編んでいかないといけない。

窓から覗く外は既《すで》に暗くなっており、遅《おそ》い時間になっている。

「後は週明けにしますか？　僕が侯爵邸《こうしゃくてい》まで送りますよ」

「いや、ちゃんと繋げて起動するか確かめたい……。じゃないと眠《ねむ》れそうにない。皆は帰っていいから」

「え！　フレデリカさんを残して帰れませんし、流石《さすが》にこのままだと泊《と》まり込みになってしまいますよ」

「今帰ると施錠《せじょう》されて、週明けになってしまうでしょう？」

折角あと少しで完成しそうなのに。おあずけをされたまま、後二日も悶々《もんもん》としながら過ごすのは苦痛だ。

「いや、でも……。こんな男だらけの中に、フレデリカさんが遅くまで一人なのはちょっと……」

「問題はないよ」

エミール君は少し困った顔をしながら、諦《あきら》めそうにない私に観念したのか溜息をついた。

「……ローレンツ侯爵家の護衛を呼んでください」

「ああ、それならいつもソコに」

私が窓の外に手を振ると、黒ずくめのフードを被《かぶ》った人物が姿を現した。

「「うわっ」」

エミール君含《ふく》め皆が私の護衛の急な出現に驚《おどろ》く。常に私を見守ってくれている護衛の一人だ。私がまた窓に向かって手を振ると護衛は再び姿を消した。

「「「え……っ！」」」

皆が異常に驚いているので、護衛が働きすぎだと受け取られたのかもしれないと慌てて説明する。

「交代制だから心配しないで。私が家にいてもこうだから」

「交代制……？　いや、勤務形態のことじゃないっスよ！　透明になって姿を消すとか……」

「ああ。護衛の標準装備だから。普通《ふつう》でしょう？」

「「「普通……？」」」

皆がおかしな顔をして私を見つめるが、何かおかしいことを言っただろうか？

エミール君は何やら難しい顔をして、口元に手を当てて考え込んでいる。

「侯爵がフレデリカさんを一人で研究室に通わせるわけがないですよね。これで安心しました」

エミール君に納得《なっとく》してもらいほっとすると、ペトル君とカール君は窓の外を見ながら感心している。

「今更《いまさら》ながら、フレデリカ嬢《じょう》が侯爵家のお嬢サマってことを実感するっスね……」

「すごいねぇ。プロの護衛を初めて見たよ。じゃあ皆《みな》で作業して終わらせちゃおう」

カール君の少しのほほんとした言葉に皆は同意すると作業を再開した。

紐を編んでいくだけの単純作業なので、一つの机を囲んで座り雑談を交《か》わしながら作業していく。

「この間、実験用のガラスプレートを全部割っちゃって」

「あー、薄《うす》いから。あるある」

カール君が自分の実験中の失敗談を話し始めたので、私も共感して頷くとペトル君が変な顔をした。

「フレデリカ嬢も似た経験があるんスか？」

「ええ。私もガラスプレートを割ったことが数えきれないくらいある」

「「「え」」」

皆が驚《おどろ》き私に視線が集中し、ペトル君が信じられないものを見るように作業の手を止めた。

「そんなミスをするん……スか？」

「それは、するでしょう？」

「いや、その……なぁ？」

ペトル君が他《ほか》の皆に同意を得ようと見回すと、他の人達もウンウンと頷いた。

「うん。いつもサクッと完璧《かんぺき》に仕上げてるから、ミスとかしない人かと」

「そんなわけがない。髪《かみ》を焦《こ》がしたこともあるし」

私は実験中によくミスをする。些細《ささい》なミスで、実験結果を全部ダメにしたこともあるし、日常の中でも考えごとをしているから身の回りに注意が向かず、頭をぶつけそうになったり、足を滑《すべ》らせそうになったりすることもある。

横にいたエミール君が、自分の手元から微笑《ほほえ》ましいものを見るかのように私に視線を移した。

「フレデリカさんは案外不器用ですよね。そこがカワイイんですが」

「そう不器用。よく怪我《けが》もするし」

エミール君にはいつも助けられている。不器用な私の代わりに、手先が器用なエミール君に作業をやってもらったり、転びそうなところを助けてもらったりすることがある。おかげで作業効率が上がり、エミール君には感謝だ。

「へぇ……、フレデリカ嬢も人の子なんだ」

「ちょっと親近感が湧《わ》いたよね」

初めて人からそういうことを言われ、驚きつつもなんとなく嬉《うれ》しかった。

今まで私は一人で残って作業することはよくあった。その時は誰《だれ》もいなくて、工作室の外は真っ暗な中、自分の作業音以外は聞こえなかった。今回は皆と話しながら作業しているので賑《にぎ》やか。研究の話は勿論《もちろん》、研究とは関係ない話、皆《みな》が最近した体験などを聞くのも初めてで、自分にはない観点が次々と出てきて楽しく感じた。

外から鳥の声が聞こえ始め、夜が白々と明け始めた頃《ころ》。

ついに『関係者以外を弾《はじ》く魔道具《まどうぐ》——通称《つうしょう》ゲートエリア』が完成した。

『魔力波形測定機』に登録していない人が、指定したエリア内に足を踏《ふ》み入れようとすると、見えない少し弾力性《だんりょくせい》がある壁《かべ》が出現し侵入《しんにゅう》を拒《こば》む。

外にいた家の護衛にも手伝ってもらってテスト動作を行うと、魔力波形測定機に登録されていない護衛は弾かれた。姿を消していても問題なく作動したので、これで完成とした。

皆も徹夜《てつや》明けのテンションで歓声《かんせい》を上げながら、隣の人とハイタッチをして喜びあう。

その後、ゲートエリアから見えないように少し離《はな》して設置した魔力波形測定機へ護衛の登録を完了《かんりょう》させ、そこから無事通れるようになったのを確認《かくにん》した。

私も心地《ここち》よい疲労《ひろう》と充実感《じゅうじつかん》を覚えながら皆が喜んでいる様子を眺《なが》めて、思わず微《かす》かに笑《え》みをこぼした。

すると隣にいたエミール君が軽く呻《うめ》いて胸を押さえながらしゃがみ込んだので、私も慌《あわ》てて同じくしゃがみ込んで彼の背中に手を当てる。

「だ、大丈夫《だいじょうぶ》？　何かの病気かもしれない……」

徹夜で作業したのが悪かったのかもしれない。他の人に声をかけようと私がすぐに立ち

上がると、エミール君から私の白衣の裾《すそ》を摑《つか》まれ制止された。

「待ってください」

振《ふ》り返ると彼はしゃがみ込んだまま私を見上げた。彼の顔はトマトかと思うぐらい赤い。

「病気じゃないです……。フレデリカさんの笑顔が可愛《かわい》すぎて……。それに心を射貫《いぬ》かれただけというか。ゲートエリアを僕のために作ってくれたという事実と、その笑顔に好きという気持ちが溢《あふ》れて胸が苦しいだけです」

「好きなことで胸が苦しい……？」

しゃがみ込んでいるエミール君に手を差し出すと、彼は一瞬《いっしゅん》躊躇《ためら》った後私の手を取り立ち上がった。

彼はますます顔を赤くすると横を向いて片手で口元を覆《おお》う。それから少し深呼吸をすると私に向き直った。

「人は好きだと思うと心臓の鼓動《こどう》がドキドキと高鳴り、場合によっては苦しいほどになるんです」

「……よくわからないけれど、今がその状態？」

「そうです。今も胸が痛いほど動いているんですが、触《さわ》らせるわけにいかないし……」

エミール君は自分の胸に手を当てて、眉《まゆ》をひそめ苦しそうにしていて少し心配だ。

「顔も赤いけれど、本当に病気じゃないの？」

「顔……赤いですか？」

私が頷《うなず》くと、彼は両頬《りょうほほ》に手を当て恥《は》ずかしそうにしている。

「これも、好きだから顔が赤くなっています……。恥ずかしく感じて」

「苦しくて、恥ずかしい？」

私が余計に理解出来ずにいると、彼は深く息を吐《は》いて呼吸を整えた。

「わかりました。フレデリカさんが理解出来るようにするので、数日待ってください」

「理解出来るように？　……わかった」

私は本人が病気じゃないと言うのなら問題はないかと安心し、心のノートに『好きだと心臓が苦しいほど高鳴る』『好きだと顔が赤くなり恥ずかしい』とメモを取った。


ゲートエリアは問題なく作動し使われるようになり、あれから侵入が疑われるような問題は起きていない。

室長には魔力波形測定機の実験中だと説明し、事後報告だが許可も取った。

エミール君にクッキーを渡《わた》した犯人は、なんとハンゼン理事長の娘《むすめ》だと判明した。彼女がエミール君の前に現れた際様子がおかしかったので、彼が誘導尋問《ゆうどうじんもん》したら判明したらしい。以前、夜会で会った時に好きになってしまい、エスカレートしたとのことだった。

ハンゼン理事長に注意をお願いし、彼の前に現れることはなくなったそうだ。

朝、私が研究室に着きドアを開けると、先に来ていたエミール君が満面の笑みで私のもとへ来るので挨拶《あいさつ》を交《か》わす。

「おはよう」

「おはようございます。あー……、今日も大好きです。結婚《けっこん》してほしいです」

もう慣れたが、まるで帰ってきた飼い主に駆《か》け寄る犬のようだ。私はそれに返事はせずに歩みを進めた。

「フレデリカさん、今日はプレゼントがあるんですよ」

私は自分のデスクにつき鞄《かばん》を置くと、横にいるエミール君から小型の白いケースを手渡される。

ケースを開くと、真ん中に丸い大きな赤い魔石がつき細工が施《ほどこ》された銀のブレスレットがあった。どうやら何かの魔道具らしい。

「こ、これは……」

慌てて椅子《いす》に座って引き出しからルーペを取り出しブレスレットの裏側を調べると、赤い魔石が露出《ろしゅつ》しており、そこに薄《うす》く魔法陣《まほうじん》が描《えが》かれている。

「ここが動力源と読み取り部位……？　じゃあブレスレットの方にメインの構造がある？接続部分は、イントフェン式？」

「はい。ブレスレットの金属内部に微量《びりょう》のランド液体を流していて……実際に装着してみた方が早いですね」

同じく横の席についたエミール君は白衣のポケットからもう一つ同じブレスレットを取り出すと、自らの手首に装着した。

「装着した時点で発動するように作られています。ですが、このままでは何も反応がないので……。実験のためにフレデリカさんのことを、見つめてもいいですか？」

勿論と快く許可すると、エミール君は私を真っすぐ見つめてくる。

エミール君のブルーグリーンの瞳《ひとみ》は透明感《とうめいかん》があり美しい。金色の睫《まつげ》毛は長く、その影《かげ》が頬に落ちている。ややエミール君の瞳が揺《ゆ》れたかと思うと、少し顔を赤らめ私から視線を外した。それからまた私をしばらく見つめ直すと、やがて視線が下を向いた。

視線を辿《たど》ってエミール君の手首に装着された魔道具を見ると、赤い魔石が一定間隔《かんかく》で淡《あわ》い光を放っている。

「これは……？」

「これは僕の心拍《しんぱく》とリンクしています。ある一定以上の心拍数になると、連動して光るように設計しました」

私は顎《あご》に手を添《そ》えて、内心ワクワクしながら頭の中でこの魔道具の構造を高速で考え始めた。

「さっき、フレデリカさんを見つめたでしょう？　そのおかげで僕のフレデリカさん大好きという気持ちが溢れて、ドキドキしてしまったんです」

「見つめると好きが溢れる？　そして好きだと心拍数が上がる……？」

心のノートに『見つめると好きが溢れる』『好きだと心拍数が上がる』と新たに記す。

「そうです。これをつけていれば、僕がいつもフレデリカさんにドキドキして、好きだと思っていることが視覚的に理解出来るでしょう？」

エミール君は少し照れながら、つけているブレスレットを触った。

「なるほど」

私は早速《さっそく》『心拍とリンクする魔道具《まどうぐ》――通称《つうしょう》心拍計』をつけるが、全く反応しない。

「フレデリカさんはつけなくてもいいんですが、心拍計がほしいかなと思って。この間のゲートエリアのお礼がしたかったですし」

「そういうことなら。ありがとう」

新しい魔道具をもらい嬉《うれ》しくなった私が素直《すなお》にお礼を言うと、エミール君の心拍計がまた赤く点滅《てんめつ》している。

「え？　今ので好きだと思ったの？」

「あ……。そうですね、フレデリカさんが嬉しそうにしてくれたので、胸がこう……キュッと」

「そういうものか……。それよりも、ここの読み取り部位なのだけれど……」

私が心拍計を外しエミール君に構造的な質問をしていると、始業の鐘《かね》が鳴ってしまう。

もっと調べたかったのに……と後ろ髪《がみ》を引かれながらも、しぶしぶ心拍計をポケットにしまう。

「昼休憩《きゅうけい》の時に昼食を取りながら実験してみよう。早くこの魔道具を色々と試《ため》してみたい」

彼は快く承諾《しょうだく》し、私達は昼休憩に実験してみることにした。

午前の研究が終わり昼休憩を知らせる鐘の音が鳴ると、私はすぐにエミール君からもらった心拍計を試すために廊下《ろうか》に出た。

「ちょっと走ってみて心拍数を上げる実験をする」

私は後ろからついてきたエミール君にそう告げ、少し体を動かし走る準備をする。

研究室前から行き止まりまでの廊下には出入口がないので、人が急に出てくることもない。ある程度の距離《きょり》もあるので、走るのにうってつけだ。

私は走りやすいようにロングスカートを両手で少し持ち上げると、廊下を行き止まりの壁《かべ》まで全力で疾走《しっそう》した。心拍計はすぐに強く赤く点滅しだす。普段《ふだん》運動を全くしないので少し走っただけで息切れが激しい。

私は下を向き、自分でも胸に手を当てて心拍を確認《かくにん》する。

「心拍計は、ハァハァ……確かに、心拍と、連動……している、みたい」

「大丈夫《だいじょうぶ》ですか？」

行き止まりまで小走りで追ってきたエミール君に心配され私は顔を上げた。

「問題ない。それよりも、見て！　ちゃんと反応している」

「良かったです」

私が心拍計が反応したことに嬉しくなり光っている自分の心拍計を見せると、彼は共に喜んでくれて、私達は一緒《いっしょ》に休憩室へと移動した。

私が研究室に忘れた鞄をエミール君が持ってきてくれていたので、お礼を言って受け取り椅子に座りしばらく経《た》つと、心拍計の光がゆっくりと放たれるようになり、そして消えた。

胸に手を当てると、確かに先ほどと比べて心拍が落ち着いている。

「元に戻《もど》ったようね。じゃあ次は、朝に行《おこな》った相手を見つめるという行為《こうい》をやってみよう」

「え……えぇっ！　フレデリカさんがですか？」

エミール君は慌《あわ》てているが、私は至極《しごく》真っ当なことを言っていると思う。

『好き』は未《いま》だに理解出来ないが、エミール君がドキドキする行動と同じ行動をすれば、私の心拍計も反応するかもしれない。というか、単純に心拍計を反応させてみたい。

「自分でも確かめてみないとダメでしょう？」

「そうかもしれませんが……」

そんなことを言っていると、彼の心拍計がまた光りだした。

「光っている……！」

「こ、これは、ちょっと想像してしまって……っ」

彼の心拍計が走りもせずに簡単に光るのを見て、羨《うらや》ましい気持ちになってしまう。

大体、なぜ体を動かしてもいないのに心拍数が上がるのかもわからない。

エミール君が言うには『好き』だと上がるらしいが、それもなぜかわからない。わからないからこそ、私も体を動かさずに心拍計を光らせて体験してみたいのだ。

「私と君の差を確かめておきたい。私の心拍計が反応せず、君の心拍計が反応するのならば、『好き』という気持ちの有無《うむ》の差かもしれないが、同じく反応したのならば違《ちが》う原因があるのかもしれない。それを確かめたい」

「う……そうですね」

エミール君を納得《なっとく》させたので、朝行《おこな》った見つめあう行為を彼の心拍計が落ち着いてから再度やってみる。

机を挟《はさ》んで対面に座っている彼を私が見つめ始めると、彼は困ったように口をムグムグさせていたが、覚悟《かくご》を決めたのか見つめ返してくる。しばらくすると瞬《まばた》きが増え、彼の顔が赤く染まり顔を横に逸《そ》らした。

「フ、フレデリカさん……もう」

彼の心拍計は反応し頻繁《ひんぱん》に光を放っているが、私の心拍計は光らず静かなまま。光らないだろうとは予測していたが、反応しないことが悔《くや》しい。絶対ということはあり得ないから、万が一反応することもあるかもしれないと期待していたのに。

「もう少し。私のも反応するかもしれない。後一分」

「えぇ……？」

私は強引《ごういん》に彼の顔を両手で摑《つか》むと、私の方へ向き直らせて見つめ直す。

「あ、あの……手を」

「目を逸らさないで」

私に注意された彼は眉《まゆ》をひそめ視線が左右に揺れていたが、私と視線をあわせると段々と目が潤《うる》み始めた。

「その……」

「あと少し」

両手で触《ふ》れた彼の顔はだんだん熱くなってきて、私の手まで熱くなりそうだ。

それから彼はギュッと目をつぶったかと思うと、軽く息を吐《は》いた。

「も、もう……充分《じゅうぶん》ですよね？」

彼が泣きそうな目で顔を真っ赤にして困っている姿を、私はなぜかもう少し見ていたいと思ったが、一分は経《た》ったと思うのでそのまま終了《しゅうりょう》した。

「……私の心拍計《しんぱくけい》は変化なしと」

自分の心拍計を確認すると、反応が見られないのでガッカリしてしまう。

私から解放された彼は、手で顔を扇《あお》ぎ大きく深呼吸している。

自分の胸に手を当ててみても、心拍は変わらないまま。心拍計は正常に動いているのだろう。

彼の心拍計を見ると、相変わらずまだ光を放ち続けていて羨ましい。どうにかして自分の心拍計も光らせてみたいが、やはり『好き』にならないと難しいのだろうか……。

「君の心拍計が反応し私の心拍計が反応しないのは、やっぱり『好き』の感情の差が大きいか……」

「何とも思ってない相手にドキドキしませんからね……」

彼は少し悲しそうに呟《つぶや》き肩《かた》を落としたが、気を取り直して自分の昼食を取りだそうと鞄《かばん》を探《さぐ》っている。

自分の心拍計を光らせることが出来ないかと考え、まだ昼食に移る気が起きない。

驚《おどろ》くと心拍は上がるはずだから、驚きそうなことをしてみる……？

いや、心拍が上がるとわかりきっていることを試してもつまらない。既《すで》に走ることで試しているし、自分が予想外のことで心拍が上がったとわかるのが面白《おもしろ》いのだ。

魔道具を作っている時でも、想定していない結果が出た時に私は嬉しくなる。それを調べて、こうだったのかと謎《なぞ》が解けた瞬間《しゅんかん》が一番楽しい。

今回は、見つめるという行為で心拍が上がらないと自分では予想していたし、事実そうだった。しかし、もし自分の体に予想外なことが起こったとしたら、それはきっと凄《すご》く楽しいものになるだろう。それを解明することも。

自分で考えてもさっぱり思いつかないので彼に尋《たず》ねることにした。

「もっと他《ほか》にドキドキしそうなことはない？」

「ええ？　フレデリカさんは何を言っているかわかっているんですか？」

彼は少し戸惑《とまど》うと鞄に入れていた手を止めた。

「これだけじゃまだわからない。思いつくものは全部試してみたい」

「あれだけじゃ検証が不充分《ふじゅうぶん》ということですか？」

私が頷《うなず》くと彼は観念したように溜息《ためいき》をつき、膝《ひざ》の上に持っていた鞄を別の椅子《いす》に置いた。

「じゃあ……問題なさそうなところだと、手を握《にぎ》るとか？」

「やってみよう」

私が机に肘《ひじ》をついて右手を勢いよく差し出すと、彼は躊躇《ためら》いながらもそっと手を握ってきた。普通《ふつう》の握手《あくしゅ》？

それからもう片方の手も重ねて、両手で包み込むように優《やさ》しく握られる。早くも彼の心拍計が反応し始めた。

「フレデリカさんの手は小さいですね……」

「君と体格差がかなりあるからね」

「力を込めたら、すぐ折れてしまいそう……」

彼が心配そうに私の手を見つめ切なげな吐息《といき》を漏《も》らすと、段々と彼の手が熱を持ち始める。

しかし、私の心拍計は相変わらず反応がないまま。こうも何も反応がないと流石《さすが》につまらない。

私の手を握っている彼の両手に自分の左手を重ねると、彼がビクッと反応した。

「これで、同時に見つめてみるというのはどう？」

私が手を握ったまま少し机から身を乗り出し近づくと、彼は少し後ろに体を反らし椅子がガタリと鳴った。私は少し椅子から腰《こし》を浮《う》かし前のめりになり近づき、彼の瞳《ひとみ》を覗《のぞ》き込む。

彼は今までにないくらい顔を赤くして口をパクパクと動かしている。

「あの、その……」

彼の目は見開きせわしなく眼球が動いている。彼の心拍計はかなり短い間隔で光を放ち始めた。彼の手は汗《あせ》ばみ、呼吸の間隔が短い。

「ち、近いですよ！」

「君が逃《に》げるから」

正直なぜ手を握って見つめるだけで、彼がこんな反応をするかわからない。

私が彼の困ったような表情を観察していると、彼は徐々《じょじょ》に落ち着き私を見て目をわずかに細めると余裕《よゆう》を見せ始めた。

「……じゃあ、逃げなければいいんですか？」

彼はいつもと違う様子で薄《うす》く笑うと一転して、私の手を握り直しグイッと彼の頬《ほほ》の方に引っ張った。

「え？」

「僕が手を出さないのは、我慢《がまん》しているだけなんですよ？　止まらなくなりそうだから」

首を傾《かし》げて蠱惑《こわく》的に微笑《ほほえ》む彼の姿はまるで別人のようだった。

「ちゃんと心に留《とど》めておいてくださいね」

私が状況《じょうきょう》を理解出来ず固まっていると、彼はゆっくりと握っていた手をほどいた。

「もう実験は止《や》めてご飯にしましょう」

「え……あ、うん」

彼に諭《さと》すような口調で言われ我に返る。実験に夢中になって昼食を忘れていた。時計を見ると休憩《きゅうけい》時間も後わずかになっている。

「……早く食べないと」

私達は手早く昼食を済ませ、研究室へ戻《もど》ると午後の研究を始めた。

やがて終業時間になり、私は帰りの自分の馬車に乗り帰路についた。馬車内で自分の心拍計に目をやり、昼休憩時のことを思い出す。

最後まで私の心拍計が反応することはなかった。反対にエミール君の心拍計はすぐに反応していた。それが凄く羨《うらや》ましい。

目の前で自分が体験出来ないことを軽く行われると、悔しくもあるのだ。それに、いつも彼は嬉《うれ》しそうに心拍計を光らせているので、私もドキドキするという体験をしてみたいと思ってしまった。

今までは彼が言う『好き』を他人事《ひとごと》として捉《とら》えていたが、私も『好き』を理解して今まで知らなかったことを知りたい。

偶然《ぐうぜん》心拍計が反応することもあるかもしれないと、常時身につけていることにした。

しかし、彼が最後に言っていた「我慢している」とは……？

私は彼が何を我慢しているのか考えてみたが、さっぱりわからなかった。

第三章　魔法が使えない奴らのための代替品

豪華《ごうか》な室内でグラスが割れる音が鳴り響《ひび》いた。

そばにいた侍女《じじょ》が慣れた手つきで割れたグラスを片づけていく。

やがて全《すべ》ての侍女達が退出すると、この国の第一王子であるアーネストは自室でソファに腰掛《こしか》け足を低いテーブルの上に乗せ、苛立《いらだ》ちながら親指の爪《つめ》を噛《か》んだ。

「全く、どいつもこいつも、使えない奴ばかりだ……」

最近俺の派閥《はばつ》から離《はな》れる者が出てきている。その者達は弟であるリュカの方へと流れているらしい。

第二王子のリュカの母は側妃《そくひ》で弱小貴族の出身だ。そのため支持基盤《きばん》が弱く今までは敵ですらなかったというのに……。

「それもこれも、フレデリカのせいだ」

側近の話ではフレデリカと婚約破棄《こんやくはき》をしたことで、ローレンツ侯爵《こうしゃく》家がリュカにつくだろうという噂《うわさ》が流れ始めた。噂を信じた者達はリュカのもとを訪《おとず》れているらしい。

結婚相手にと選んだ男爵令嬢《れいじょう》のソフィは、顔立ちは可愛《かわい》らしく何でも自分を頼《たよ》ってくるところが魅力《みりょく》でもあったが、正妃にとなると問題があることがわかった。

ソフィに王妃教育を受けさせようと、王宮に招いて授業を受けさせたが物覚えが悪い。フレデリカは一年で王妃教育を終えたから、同じように一年でソフィも覚えられるだろうと思っていたのに。

それにソフィの生家にも問題がある。ソフィの父であるエヴァレット男爵は「娘《むすめ》は王妃になるのだ」と散財をし、その請求《せいきゅう》がこちらにきている。

ソフィにそのことについて苦言を呈《てい》したが、生家は男爵家で皆《みな》から馬鹿《ばか》にされているため、王妃にふさわしいドレスや家具がいると言って聞く耳を持たない。

今思い返せばフレデリカを正妃に据《す》えて、ソフィを側妃にして暮らすのが一番良い着地点だったのだ。

いつも行事などで、俺がやろうと思うよりも先にフレデリカが仕事を片づけ、行事中でも進行内容をこっそりと俺に耳打ちし全てお膳立《ぜんだ》てしてくる様子に、自分が蔑《ないがし》ろにされたように感じて腹を立てていたが、今となっては放《ほう》っておけばよかった。

そろそろ、父である国王が他国での会議から戻ってきてしまう。

その前にフレデリカと婚約を結び直し、正妃に戻せば全て元通りになることだ。

夜会でいつも俺に放っておかれて、悲しそうに俯《うつむ》きながら壁《かべ》の花になっていた女だ。

「まぁ、すぐに元に戻る。俺が婚約を結び直してもいいと言ったら、喜んで頷くだろう」

空は青く澄《す》み渡《わた》り爽《さわ》やかな天気の正午過ぎ。今日は休日でもあり、まさに絶好の買い物日和《びより》。

だが、私は朝から家の侍女達に揉《も》まれ少し疲《つか》れていた。

今日はエミール君と、城下町の端《はし》にある古い造りの魔道具《まどうぐ》素材専門店へ行く予定になっていたからだ。

侍女達がなぜか総出で張り切り、全身を磨《みが》かれたかと思うと、次は髪型《かみがた》だ、服装だとうるさかった。

今日の私の格好は、アイボリーのケープマントに、中は同じくアイボリーのロング袖《そで》のブラウス。首元にブルーのギャザーフリルタイ。下はライトブルーのコルセットスカートという出で立ちだ。髪型もライトブルーのリボンを編み込んだハーフアップになっている。

侍女達は「清涼感《せいりょうかん》がありつつ可愛《たの》さを出してみました」と満足気だった。

エミール君に魔道具の魔石選びを頼まれ、つきあうことになっただけだというのに……。

しかし、魔石売り場の棚《たな》の前で商品を選んでいると元気になってきた。

この店は私やエミール君、同僚《どうりょう》の研究員達がいつも通っている店で、魔道具で使う部品や魔石などを販売《はんばい》している。ここがこの国で一番大きな店だろう。

店内は休日だからか客が数えるほどしかいない。こういう店のメイン客層は仕事で魔道具を作って売っている平民の魔道具師で、平日に来ることが多いからだ。

店内は少し古く所狭《ところせま》しと棚が並び、簡素な箱に部品が詰《つ》め込まれ雑多に陳列《ちんれつ》されている。

「うーん、ジョフチモン魔鉱石は伝導率が良いけれど、ノア硬度《こうど》が高く加工しにくい。こちらのタングマイト魔鉱石でも……しかし安定性に不安が、でも……」

私は魔石をなかなか決められないでいた。発動させたい魔法によって魔石を選ぶ必要性があり、複数の魔石を使うとなるとそれ同士の相性《あいしょう》も発生する。

私が悩《なや》んでいると、横に立っているエミール君は何が嬉しいのか私を見て終始ニコニコとしている。

彼の服装もいつもと違《ちが》って、雑然とした店内で浮《う》いて見える。ダークグレーのコートジャケット、タイ、ベスト。ターコイズブルーのシャツがアクセントになっており、ジャケットの胸ポケットにも同色のポケットチーフを入れている。

彼の右腕《みぎうで》にある心拍計《しんぱくけい》は今日も反応し、簡単に光っている。自分の心拍計を見たが、相変わらず光っていない。

私は軽く溜息《ためいき》をつくと、ずっと嬉しそうにしている彼を見上げた。

「なぜ心拍計が光っているの？」

「フレデリカさんが、僕のために選んでくれているのが嬉しくて」

嬉しいと光る……？　私だって、今こうして魔石を選んでいるのが楽しいし嬉しいのに、なぜ光らないのだろう。

「魔石を選ぶのは楽しいし、先輩《せんぱい》として当たり前だからね」

「休日にまでつきあってくれるなんて、優《やさ》しいですよね」

「元々行く予定だったから気にしないで」

私は商品の魔石を取って、質や形などを確認《かくにん》しながら言葉を交《か》わす。

「真剣《しんけん》に魔石を選んでいるフレデリカさんも、好きだなぁ……とつい思ってしまって」

「相変わらず、よくわからないところで私のことを好きだと思うのね」

やはり、心拍計を光らせるには『好き』だと思うことが重要なのかもしれない。

魔石を元の場所に戻《もど》し、彼と隣《となり》の棚まで移動する。

「常に思ってしまいますからね。これぱかりは、自分の意思ではどうにもならないです」

「勝手に考えてしまうということ？」

「そうです。フレデリカさんも、やりかけの研究のこととかを家で考えてしまうでしょう？」

「……なるほど。そう言われると理解出来るかも」

研究室から帰っても、今やっている研究のことを家でずっと考えてしまうのだ。

彼にとっての私は、私にとっての魔道具みたいなことか。少し掴《つか》みかけてきたかもしれない。

でも、魔道具のことを考えている時は心拍計が光らないので人だと違う……？

「僕はフレデリカさんと会ってない時でも、いつでも想《おも》っていますよ」

「考えたくなくても、考えてしまう……」

「そうです。好きだと相手のことを常に考えてしまうんですよね」

私は心のノートに『好きだと相手のことを常に考えてしまう』と新たに書き加えた。

「やっぱり、これかな……」

私が棚の最上段にあるタングマイト魔鉱石に手を伸《の》ばすと、エミール君が上からヒョイっと取ってくれた。

「これですか？」

「そうそう。ありがとう」

「タングマイト魔鉱石は綺麗《きれい》でいいですね」

「それをインライト、ローヤライト、カドゥーツで補助すれば安定すると思う」

私はインライトを取りに別の棚まで移動し探しているが見当たらない。この間までここら辺にあったはずなのに。

「ええと、そっちにインライトはないかな？」

隣にいるはずのエミール君に声をかけたのに返事がない。あたりを見回すと元いた場所でタングマイト魔鉱石を掲《かか》げ、上から吊《つ》るされているランプの光に当て色々角度を変えて眺《なが》めていた。彼の顔に魔鉱石による青色の影《かげ》が落ちきらめいている。

彼はすぐに私に気づくと横までやってきた。

「ああ、すみません。綺麗なので見ていました」

「君は美しいものが好きなの？」

確かにタングマイト魔鉱石は非常に美しい。当たる光によって金色から青色に色を変える性質を持つ。

魔石、魔鉱石全《すべ》てを総称《そうしょう》して魔石と言うのだが、魔鉱石は火山の奥深くに眠《ねむ》るマグマが魔素を帯びて冷えて固まった物。加工して宝石としても使われる物が多い。性能としては魔石も魔鉱石も変わらない。今日は彼から「魔鉱石を使って」との注文だったので、魔鉱石の中から組みあわせを考えた。

「んー、好きですね。身につける物は綺麗な方がいいでしょう？　それに魔道具だとバレにくいですし」

エミール君が作ろうとしている魔道具は自動で防御《ぼうぎょ》魔法を発動させるものなので、常に身につけていることを想定している。

私が考えるとどうしても効率を重視してしまうが、彼が作った心拍計も綺麗な細工がしてあるし、彼はデザイン性も重視しているらしい。私にはない感性で勉強になる。

「なるほど。君が身につけるとすれば、ラペルピン形が便利なのかな」

「それも考えたいので、後で宝飾店《ほうしょく》にデザインの参考に見に行きましょう」

「デザインの参考に？　んー、そういうところからアイデアを得るのね。買ったら次に行こう」

探していた魔鉱石を見つけ彼に渡し、彼が会計をしている間に私は目当ての素材を探す。

（やはり……ない）

私が探している素材は、この間魔法工学の学術雑誌に掲載《けいさい》されていた最新の論文に書かれていたもので、私はそれを使って何かを作ってみたかったのだ。

それはジュロ地方で手に入る魔力と磁力を帯び玉虫色に変化した金砂《かなすな》で、とある加工を施《ほどこ》すと離《はな》れていても金砂同士が同じ動きをするというものだった。

金砂は時期により帯びる魔力が変化し、安定的な市場への供給が難しい代物《しろもの》。なので、私は仕方がないと諦《あきら》めると店の隅《すみ》にある魔道具のジャンク品コーナーに足を運んだ。

時々、思わぬ掘《ほ》り出し物がある。壊《こわ》れた魔道具を別の部品で直して改造した物だ。

素材が高価で買えない物もある平民にとって、別の物で代替《だいたい》して動かすのは当たり前で、中にはなぜ動いているのかわからない代物がある。

原理はわからないが動けばいいと思う感覚的な平民のアイデアは、予想外なものが多く私には到底《とうてい》思いつかない。そこが面白《おもしろ》い。そういう魔道具を購入《こうにゅう》し解析《かいせき》することは私の趣《しゅ》味《み》でもある。

その中で新たなやり方が見つかったことは多々ある。平民の中に天才魔道具師が存在するとは思うのだが、正規品ではないので表には出てこない。そういう人物と何とか協力出来れば、さらに魔道具を発展させられると思うのに……。

「何か面白いものがありましたか？」

いつの間にか戻ってきたエミール君が、ジャンク品コーナーを見ながら考え込んでいた私の顔を覗《のぞ》き込んで尋《たず》ねる。

「今回はなかったよ」

「何かほしい物とか、必要な物は……？」

「特にないかな。もう行こう」

そう言って私が店を出ようとすると、彼に後ろから呼び止められ振《ふ》り向く。

「フレデリカさん、プレゼントです」

彼の両手の上には開口部をリボンで留めた布袋《ぬのぶくろ》があり、少しワクワクとした様子で私に差し出してきた。

「もっとロマンチックに渡《わた》せれば良かったんですけれど、今日つきあっていただいたお礼ということで」

私はそれを受け取り袋の中を見ると、透明《とうめい》なガラス瓶《びん》の中に金砂が入っていた。玉虫色に変化しキラキラしているので、私が探していた金砂だろう。

「こ、これは……、なぜ……」

私が驚《おどろ》いて目を丸くすると、彼は悪戯《いたずら》が成功したかのようにフフッと笑った。

「ジュロ地方の金砂です。一キロだけですが、伝手《つて》があり運良く入手出来ました。今朝このお店に届けてもらったんです」

手に入らないと諦めたものが目の前にあるという驚きと、私がほしいと言ったこともないのに、なぜわかったのか不思議で金砂と彼を交互《こうご》に見てしまう。

「良かった。ほしかった物、当たりました？」

「ほしかった……けれど、私、言ったことがないでしょう？」

彼は少し得意げに微笑《ほほえ》むと、人差し指を私の目の前に立ててそれを左右に動かした。

私はついそれを目で追ってしまう。

「？」

「視線ですよ。前に研究室でフレデリカさんに、ほしい物を聞いたことがありましたよね」

前に聞かれたことがあったのを思い出す。確か彼が自国に造っている研究所のことを紹《しょう》介《かい》してきた時のことだ。

「でも……あの時、私はないって答えたはず」

「デスクの上にあった学術雑誌の方に、一瞬《いっしゅん》目を向けましたよね？」

「……そうだったかな？」

思い返しても無意識の行動で覚えていない。

「なのであの雑誌を読んで、フレデリカさんが興味を持ちそうな論文にアタリをつけて、馴染《なじ》みの業者に連絡《れんらく》を取ってみたわけです」

ネタバラシをされても理解が追いつかない。視線によって私の興味を探《さぐ》ったのはわかったけれど……。

「でも、他にも多くの論文が載《の》っているでしょう？」

「フレデリカさんが興味を持ちそうなものは大体わかりますよ」

「……君は凄《すご》いね」

私は呆気《あっけ》に取られながらも素直《すなお》に感嘆《かんたん》の言葉を漏《も》らす。

「どんな微《かす》かな変化でも気づく自信がありますよ。ずっと、フレデリカさんだけを見続けてきましたから」

「そう……」

彼に穏《おだ》やかに微笑まれながらじっと見つめられると、少しドキッとしてしまった。

（あれ……？　そうか、凄く驚いたから……？）

自分の心拍計《しんぱくけい》を慌《あわ》てて見てみるが光ってはいなかったので、そこまで驚いたわけでもないのかと少し残念に思う。

「ありがとう。とても嬉《うれ》しいよ」

「良かったです」

エミール君が店に彼の購入物を研究室に運んでもらうついでに、もらった金砂も一緒《いっしょ》に送ってもらうことになった。

魔道具素材専門店を出て、先ほど参考にしたいと言っていた宝飾店へ二人歩いて向かう。

先ほどの店は問屋が集まる通りにあったため人通りが少なかったが、宝飾店や服飾《ふくしょく》店が並ぶメイン通りに出ると一気に明るく活気がある雰囲気《ふんいき》に包まれた。

「今日は人が多いね……」

「休みですしね。疲《つか》れましたか？」

「大丈夫《だいじょうぶ》」

エミール君と一緒に歩いていると、時々どこからか視線を感じる。私がなぜだろうとすれ違《ちが》う人達に気を取られて歩いていると、急に彼から肩《かた》を引き寄せられた。

「えっ？」

「危ないですよ」

私は少し彼の方へよろめき、軽く彼の胸に頭が当たる。正面を見ると街路灯にぶつかりそうになっていた。あのまま進んでいたら、間違いなくぶつかっていただろう。

「ごめん。私の不注意だった」

「危ないので掴《つか》まってください」

エミール君は私の肩から手を離すと、エスコートするように腕《うで》を差し出した。私は頷《うなず》き彼の腕にそっと手を添《そ》え歩き始める。

「ありがとう」

私がエミール君を見上げお礼を伝えると、彼は少し顔を赤らめて眉《まゆ》をキュゥッと寄せ大きく息を吐《は》いた。

「幸せすぎます……。ずっとこうしていたい」

「どういうこと？」

「昔だったら、こうしてフレデリカさんと歩くなんて夢のようだったなと」

「昔？　あぁ……」

殿下《でんか》と婚約《こんやく》していた頃《ころ》だったら、エスコートは殿下か身内の役目でこんな風に彼と歩くことはなかっただろう。

「今日はフレデリカさんもカワイイ格好していますし、何度その可愛《かわい》さにやられて死ぬかと思ったか……」

「カワイイ格好……？」

自分の格好を確認《かくにん》するが、これがカワイイのかよくわからない。

「はい！　今日は爽《さわ》やかなスタイルで凄くカワイイです！」

彼の心拍計は高頻度《こうひんど》で光っており、顔を緩《ゆる》ませ喜んでいる。

（また心拍計が光っている……。服を見ただけで光るなんて楽しそうでいいな……）

そんな様子の彼に私は妬《ねた》ましさまで感じてしまい、軽く溜息《ためいき》をついた。

「服装のことはよくわからないけれど、今日は出かけるまでに大変だったの」

私は朝のことを思い起こして、少しゲンナリとした。

「大変？」

「ほらこの間、エミール君からローズオイルを使ったボディクリームやら何やらをもらったでしょう？　それを私の侍女《じじょ》に預けたら、何か色々聞かれて……」

「ははは」

彼はおかしそうに笑ったが、その時の侍女達の追求が激しかったことを思い出して、うんざりしてしまう。

「その人物と出かけることを告げたら、もらったクリームを朝から塗《ぬ》り込まれ揉《も》みくちゃにされた。しかも、たかが私の服や髪型《かみがた》を決めるのに侍女達が争って大変な騒《さわ》ぎだったの」

「ローレンツ侯爵《こうしやく》家の侍女に感謝ですね。それに、僕があげたボディクリームを使ってくださったんですか？　道理で良い香《かお》りが……」

「香り？　そういえば気にしたことがなかった。君も香水《こうすい》か何かをつけているの？」

「え！　そうですね……つけています。フレデリカさんが気に入るといいんですが」

彼は頰《ほほ》を掻《か》くと少し照れたように笑った。

私は少し意識して匂《にお》いを嗅《か》ぐと、ほのかに良い香りが漂《ただよ》ってきた。

「うーん。柑橘《かんきつ》系なのかな？　良いと思う」

「フレデリカさんがこういう感じの香りが好きで良かった……」

「私が好きかどうかは関係ないでしょう？」

「ありますよ。ほんの少しでも気に入られたいですから」

「……そういうもの？」

「ええ。好きな人の好みは気になります」

「そう……」

私は心のノートに『好きな人の好みは気になる』と新たに書き加えた。

そうこうしている間に、私達は宝飾店《ほうしょくてん》に着きドアマンにドアを開けてもらい入店した。

店内は天井《てんじょう》が高く、白と金の色調で統一されており高級感がある。

ほのかに店内から良い香りが漂ってきて、以前薔薇《ばら》の香りの魔道具《まどうぐ》のことを相談した時に、ペトル君が「高級店で需要《じゅよう》があるかも」と言っていたことを思い出した。

（なるほど……、やっと今理解した）

中には数組の貴族だと思われる客がいて、皆《みな》商品ケースの前で楽しそうに話しながら商品を試《ため》したりしている。

私はこのような店に来るのは初めてで、どうすればいいのか勝手がわからない。アクセサリーや服は知らないうちに家の者に揃《そろ》えられているし、店で買ったことがないのだ。

私が行く店は魔道具素材店ぐらいしかない。あの店のように商品を勝手に見ても良いものなのだろうか。もしくは断りがいるのだろうか。

私が思わずギュッとエミール君の腕に力を入れると、彼は私の方を向いて不思議そうな顔をした。

彼に何か作法があるのかと聞こうとしたところ、店の奥から少し年配の白髪《しらが》交じりの落ち着いた男性店員が出てきて、にこやかな笑《え》みでこちらに頭を下げた。

「何かお探しでしょうか？」

「僕のアクセサリーを探していて、特に何をというわけではないのですが……」

エミール君は慣れた様子で普《ふ》通《つう》に店員と話しているので、店員にまかせればいいのかと新たに学んだ。

「男性物のアクセサリーは二階になっております。ご案内させていただきます」

その店員は私達を二階のソファ席に案内すると、複数の店員に指示してアクセサリーをテーブルに持ってこさせた。

襟《えり》につけるピンブローチやカフリンクス、ブートニエールを宝石で作った物などがトレイに綺《き》麗《れい》に置かれ、テーブルに並べられていく。

店員に商品の説明をされ、エミール君はそれを手に取って眺《なが》めていく。

「僕は出来るだけ、魔道具だと気づかれないようなものを作りたいんですよね」

「普通のアクセサリーに見えるようにってこと？」

「そうです。これとかは、宝石を魔石に置き換《か》えても問題なさそうじゃないですか？」

「……そうだね、これなら大きさもあるし」

彼からピンブローチを手渡《てわた》され、丁寧《ていねい》に確認していく。徐々《じょじょ》に魔道具を考えるモードに入っていき、全部の商品を見終わった頃には一時間ほど経《た》っていた。

「今まで見た中で、どれが加工しやすいですか？」

「カフリンクスが一番かな……」

カフリンクスはある程度の大きさもあるし、フェイスとバッキングを鎖《くさり》で繋《つな》いだチェーン式なら魔石も増やせる。

彼は店員に頼《たの》んで、宝石がメインになったチェーン式のカフリンクスを三種類持ってきてもらった。

「この中だったら、どれが一番僕に似あうと思います？」

「……私に選べと？」

正直言って私はアクセサリーやファッションに興味がない。いつもアクセサリーの類《たぐ》いは侍女に選んでもらっているのだ。

それに夜会だとつけるアクセサリーは決まっている。ドレスコードにカラー指定がある場合があるし、ローレンツ侯爵家は鉱山を保有しているので、その鉱山で取れた新たな宝石を事前に用意されつけていく。全《すべ》て事前に指示があるので従うだけだ。

「フレデリカさんに選んでもらいたいんです。ダメですか……？」

彼から乞《こ》うように見つめられて、目の前の店員も期待するように私を見ている。

「私はこういうのは専門外で……」

「そうですか……。選んでほしかったのですが」

彼は見るからにションボリと肩《かた》を落とし、まるで散歩に連れていってもらえない犬のような物悲しそうな雰囲気《ふんいき》を漂わせる。

私は再度断ろうと思ったが、彼の姿に罪悪感が湧《わ》き、選ばざるを得なくなってしまった。

「……じゃあ、真ん中のこのシンプルな四角いやつ」

根負けして金色の針状の内包物を含《ふく》んだ透明《とうめい》な宝石で出来たカフリンクスを選ぶと、エミール君はパッと顔を輝《かがや》かせた。

「ありがとうございます！　僕もいいなと思っていました」

彼は喜びが吹《ふ》きこぼれるのが抑《おさ》えられないらしく、目を輝かせて私が選んだカフリンクスを自分の袖口《そでぐち》にあてて鏡を見ては何度も喜んでいる。しっぽをブンブンと振《ふ》っている様子が目に見えるようだ。

（心拍計《しんぱくけい》もまた光っているし……）

今度は妬ましさを感じずに、素直《すなお》に喜んでもらえるのなら選ぶのも悪くないかもしれないと思えた。

彼が店員に私が選んだカフリンクスの購入《こうにゅう》をお願いすると、私達は一階に下りようと階段に向かった。

「フレデリカさんに選んでもらったお礼に……」

「大丈夫《だいじょうぶ》。その手には乗らない」

エミール君が何かと理由をつけてプレゼントしようとしてくるので、今回はキッパリと断ることにする。

「何か贈《おく》りたかったのに……」

彼は残念そうにするが、毎回もらってばかりでは申し訳がない。

「先ほども金砂をもらったし、あんなちょっと選んだだけのお礼はフェアじゃない」

「じゃあ贈りませんから、デザインだけでも見ませんか？　女性物のデザインの方が、参考になることが多くて。僕一人だとなかなか見られませんから」

「そういうことなら……」

私は納得《なっとく》すると、一緒《いっしょ》に女性物の指輪が並ぶショーケースの方へ向かう。

「やっぱり、女性物の方がデザイン豊富ですよね」

確かに二階は男性物のアクセサリーとポケットチーフやネクタイなどの服飾雑貨《ふくしょく》まであったのに、一階は全て女性物のアクセサリーだけで構成されている。

エミール君は近くにいた女性店員に頼み、いくつかの指輪を出してもらっている。

「フレデリカさん、つけてみませんか？」

「買わないって言ったじゃない」

私が少し不満を口にすると、彼は否定するように両手を振った。

「僕の手には小さすぎてつけられませんし、実際つけた時の動きやすさとかを見てみたいんです」

私が彼の手の横に手を並べて見比べると、彼の手は私の手より一回り以上は大きい。

彼自身は細身だと思っていたが、それは彼の全体的なバランスで細く見えているだけで、よく見ると骨ばっていてガッシリとしている。私と比べると差は歴然だ。意識したことはなかったが、こんなに男女で体のつくりが違《ちが》う。

「確かに、君がつけるには小さいか……」

私は納得し、店員から私の薬指に指輪をはめてもらうが少し緩《ゆる》い。店員が少し下のサイズの指輪をすぐに用意して、新たにそれをはめられる。

「ピッタリですね」

彼に嬉《うれ》しそうに言われ、私は手を顔の前に持ってきて眺めてみる。大ぶりの丸い宝石が真ん中につき、サイドに三つの小ぶりな宝石がついている。

私は手を握《にぎ》ったり開いたりを繰《く》り返して、動きやすさを確かめていく。

「宝石が大きくて手を動かすのに邪魔《じゃま》だと思ったけれど、意外とそこまで動かしにくくない」

「じゃあ、こちらはどうですか？」

その後もエミール君から色々なアクセサリーの試着を次々とお願いされ、解放されたのは三十分後だった。

「……もういい？」

「ありがとうございます！　参考になりました」

彼は満面の笑みで答えると、店員から購入したカフリンクスを受け取り、私達は宝飾《ほうしょく》店を後にした。

これで用件が全て終わったと思い、私は馬車がある通りまで歩こうと足を向けたが、エミール君から近くのカフェを指し示された。

「良ければ休んでいきませんか？　疲《つか》れたでしょう？」

カフェは通りを渡《わた》ったすぐそこだし、彼の言う通り少し疲れたし座りたい。馬車乗り場まで歩くよりは近いかと承諾《しょうだく》し向かった。

カフェはペールグリーンとペールピンクで彩《いろど》られた三階建てのオシャレな造りで、私達は最上階にあるオープンエアの四人掛《が》けの丸いテーブル席に案内された。

他《ほか》の客からチラチラと視線を感じて、なぜ見られているのかと尋《たず》ねようとエミール君を見たが、彼は何も気にしていないようなので聞くのを止《や》めた。

店員から文字だけのメニューを渡され、開くと様々な種類の飲み物や食べ物が並んでいて驚《おどろ》く。

宝飾店の時と同じく、初めてカフェに訪《おとず》れたために少し固まってしまう。

晩餐《ばんさん》会などでは、主催者《しゅさいしゃ》の事業で取り扱《あつか》っている食品、茶葉などが提供される。もしくはメインゲストの事業か。食事は事業をアピールする場であり、メニューは決まっているか選択肢《せんたくし》が少ないことがほとんどだ。

「紅茶だけでも、茶葉の産地、トッピング、飲み方、他にも……色々と自分で決めることが多い……」

どうやって決めればいいのか少し気が遠くなっていると、対面に座っているエミール君がいくつか私に質問して、サクサクと私の注文を決めてくれた。

「今日は君の助けになろうと思って来たのに……。魔鉱石《まこうせき》は決められるけれど、紅茶一つ決められないなんて」

「こんなことでフレデリカさんの助けになれるのなら、一生させてほしいですけれどね」

「一生って……」

私は彼の冗談《じょうだん》に呆《あき》れるが、彼はテーブルの上で頬杖《ほおづえ》をつきニコリと微笑《ほほえ》んだ。

「フレデリカさんが僕だけを頼《たよ》ってくれる人生なら、全てを捧《ささ》げられるかな」

「そんな冗談……」

「何も知らなくても僕が困らないようにしますよ。だから結婚《けっこん》しましょう。ね？」

彼は頬杖をついたまま、甘くねだるような目つきで首を傾《かし》げた。

「結婚は父に言って」

「まぁそれはさておき、こんなメニューの決め方もありますよ？」

彼は横に置いてあったメニューを取り、目をつぶると、テーブルの上でメニューをランダムに開き「これ！」と指をさした。

指の先にあったのは……。

「『とある少年の初恋《はつこい》……？』」

思わずエミール君と顔を見あわせる。

「……食べ物なのかすらわからないね」

下にメニューの説明があるだろうと読もうとした瞬間《しゅんかん》、彼にメニューを閉じられ遮《さえぎ》られた。

「頼《たの》んでみてのお楽しみにしましょう。何が来ても、フレデリカさんが食べられなかったら僕が食べるので」

そう言ってエミール君は悪戯《いたずら》好きな子どものように笑うので、私も無理に説明を読むことはせず彼に注文してもらい到着《とうちゃく》を待った。

やがて、頼んだ紅茶と『とある少年の初恋』が運ばれてくる。

レモンの形をしたパウンドケーキで、アイボリー色のソースでコーティングされている。その上にオレンジとイエローの花びらが散らされていて美しい。

「ケーキ……？」

「何が来るかと思っていましたが、美味《おい》しそうですね。まずは一口ほど食べてみますか？」

私はコクリと頷《うなず》くとエミール君に切り分けてもらい、少し別皿にもらう。彼も自分の分を切り分け彼の皿に移した。

「どんな味なんでしょうね？　食べてみましょう」

しかし、私はそのケーキを口に運ぶのを躊躇《ためら》って食べられないでいた。

周りの視線を気にして、自分の振《ふ》る舞《ま》いが正しいのかわからず固まってしまったのだ。

貴族が外で食事をする時、感想は食べる前から決まっている。主催者やゲストの力関係により褒《ほ》める順番とレベルが決まり、事業が関係しているのなら褒めて良い物、直接的には褒めない物が存在する。

私はこのような場で、他人と一緒に食事を取った経験がない。今、これを食べてどう反応するのが正解なのか……。あらかじめ決まった答えがいつも用意されていたので、今はどれが適切な答えなのかわからない。

「美味しいですね。この花びらも食べられるみたいです」

エミール君が、なんてことはないように感想を口にした。

私は周りの様子を窺《うかが》うと、誰《だれ》もその言葉に反応していないようで胸を撫《な》でおろす。

（そうか……、気にしなくていいのか……）

「フレデリカさん？」

私がケーキを口に運ぶと、すぐにレモンの風味が口に広がった。

「……甘さがしつこくなくて、爽《さわ》やかで美味しい……と思う」

私は初めて美味しさに気づき、目の前のケーキを呆然《ぼうぜん》としながら見つめた。

それに彼のよくわからない物を頼み食べてみるという挑戦《ちょうせん》も、何が来るのかわからなくて面白《おもしろ》かった。今までは決まったことを決まった通りにするだけだったから。

「もっと食べますか？」

「……うん」

エミール君は嬉しそうにニコニコと笑うと、先ほどよりも多く切り分けて私の皿に載《の》せた。

「この甘酸《あまず》っぱさが、初恋を表現しているんですかね？」

「初恋って甘酸っぱいの？」

「うーん、初恋は叶《かな》わないとよく言われているので切ない表現が多いですね。僕の場合は……甘酸っぱいもありましたけど、もっと苦味が強いというか……」

彼は少し遠い目をしながら、味わうように咀嚼《そしゃく》した。

エミール君はいつも楽しそうに見えるし、そこが羨《うらや》ましいのだが苦味を感じることもあったのだろうか。

私が魔道具を作る時のことを考えると、旨《うま》くいかなくて落ち込むことはあるが甘酸っぱさや苦味みたいなものは感じたことがない。

そんなことを考えていると、周りが少しざわつき始めた。

「なんでしょうね？」

店全体に妙《みょう》な緊張感《きんちょうかん》が走っていて、店員は少し焦《あせ》っているようだ。

ざわつきが収まり一気に静かになったかと思えば、供を連れた燃えるような赤い髪《かみ》をした人物が現れた。

(赤い髪……？　王族？　あのお方はアーネスト殿下《でんか》？)

そう思ったのも束の間、殿下とバッチリと目があってしまい、殿下は真っすぐこちらへ向かってきた。

私達は立ち上がり礼の形を取り、声をかけられるのを待つ。

「こんなところで会うとはな……。久しぶりじゃないか」

私は内心慌《あわ》てながらも笑顔《えがお》を作ると、カーテシーをして丁寧《ていねい》に挨拶《あいさつ》をする。

「お久しぶりでございます。殿下におかれましてはご機嫌麗《きげんうるわ》しゅう……」

「はっ！　全く嫌《いや》みな……まぁいい」

殿下は私の口上を途中《とちゅう》で遮ると、空いている私の隣席《りんせき》にドカッと座った。殿下が連れた供は待機するため少し離《はな》れて立っている。

「お前も座ることを許す」

私は殿下に礼を言い着席するが、エミール君は許可をされていないため立ったままだ。何とか紹介《しょうかい》をしないと……。チラッとエミール君を見るが、大丈夫《だいじょうぶ》ですよとでも言いたげな笑顔を返される。

殿下は不機嫌そうに頬杖をつき大げさに溜息《ためいき》をつくと、さもこれから言いたくないことを言うのだという態度で、横に座っている私に次の言葉を告げた。

「用件を手短に言う。お前から婚約を再度結び直したいと懇願《こんがん》するのならば、婚約を元に戻《もど》してやってもいい」

（婚約を元に戻す……？　なぜそんな大事なことをこんな場所で？）

周りを気にして横目で見回すと、皆《みな》会話を止《や》めて静まり返っている。殿下は気にしていない様子で早く答えろと言わんばかりに顎《あご》をしゃくった。

「婚約の件は父であるローレンツ侯爵《こうしゃく》へ正式に書簡を送っていただかないと、私の一存ではお答え出来ません。ですので……」

殿下は気分を害したのか、苛《いら》ついた様子でテーブルをトントンと叩《たた》く。

「この俺が、婚約を元に戻してもいいと言っているのだ」

「婚約は正式な契約《けいやく》を結ぶためのものですので、ローレンツ侯爵家当主である父の印が必要です。王家から書簡を送っていただき……」

いつもならこの辺で殿下が怒鳴《どな》りだして勝手に帰ってくれるのだが、殿下は苛つき頭を掻《か》くとまた大きく溜息をついた。

「お前が王宮に来てサインすれば済むだけの話じゃないか。時間がないからこの後来い」

「王宮への招致《しょうち》も書簡をいただかないことには……」

殿下は私の返答に焦《じ》れた様子で舌打ちして横を向くと、対面で立っているエミール君に気づき、良い物を見つけたかのようにニヤリと笑った。

「あぁ……、お前はこの男と不貞《ふてい》を働いていたのか。なら、婚約破棄《はき》もそちらの過失だ」

「不貞……？　いえ、この方は私が勤めている研究室の研究員で……」

「研究室？　そういえば、お前は魔道具《まどうぐ》だか何だかを作っているんだったな。魔法が使えない奴《やつ》らのための代替《だいたい》品を作っているとはな」

殿下があざ笑うと、私は自分の眉《まゆ》がピクリと動くのを感じた。

(魔法を使えない奴らのための代替品……？)

私は殿下の言葉に、頭がじんじんとするような怒《いか》りを感じたが、再度笑顔を作り席から立ち上がるとエミール君の隣《となり》に行った。

「殿下。ご紹介させてください。こちらの方は、ヴィルヘート国から留学でお越《こ》しになっているエミール・フィッツジェラルド公爵《こうしゃく》様です」

私に紹介されたエミール君がようやく殿下に挨拶をする。

「お会い出来て光栄でございます。殿下の御高名《ごこうめい》は以前より伺《うかが》っております」

エミール君は胸に手を当て挨拶をすると、殿下は席を立ち上がって、作り笑顔で手を差し出し握手《あくしゅ》を交《か》わした。

「我が国へようこそ。是非《ぜひ》楽しんでくれ。では、王宮へ向かうぞ」

殿下は私に手を差し出すが、私はいきなりのことで手を取るのを躊躇った。

「い、今からですか？」

「決まっているだろう？　婚約の契約にサインをするためだ」

殿下は言わなくてもわかるだろと言わんばかりに、私に苛ついた口調で告げる。

「いえ、先ほどから申し上げている通り、婚約の件は父を通していただかないと……」

「何度同じことを言わせるんだ。この俺がいいと言っているんだ、お前はただサインすればいい！」

業《ごう》を煮《に》やした殿下が私の手を無理矢理摑《つか》もうとすると、エミール君に手を引かれ、私は背中に庇《かば》われた。殿下の姿が彼の背中で見えなくなり、私は少しほっとして胸を押さえるも、その背中の広さに気づいて少し驚《おどろ》いた。

「殿下。僭越《せんえつ》ながら申し上げますと、一度正式な手順を踏《ふ》まれた方がよろしいかと」

「これは我が国の問題だ。他国の方には黙《だま》っていてもらいたい。ほら、フレデリカ行くぞ」

殿下は私にズカズカと近寄り再度手を摑もうとするが、私が恐怖《きょうふ》を感じて反射的に身を引いた瞬間《しゅんかん》エミール君に肩《かた》を抱《だ》かれ庇われた。

「殿下のためを思って申し上げているのです。このような衆目を集める場で嫌《いや》がる女性を無理矢理連れていったとなれば、輝《かがや》かしい殿下のお名前に傷がつきかねません」

「衆目だと？」

殿下が周りを見回すと店員達は怯《おび》え、オープンエアから店内に逃《に》げるように入っていった。

エミール君は丁寧に殿下を諫《いさ》めているが、私は彼らの会話より私の肩を抱いているエミール君の意外な力強さに身を硬《かた》くした。

それと同時に、なぜか心臓が妙にドキドキするような感覚に襲《おそ》われ理解が出来ない。

混乱してしばらくの間動けないでいたが、殿下の言葉が響《ひび》き我に返る。

「思い出したぞ、お前はあの時の夜会の……。お前達は以前から結託《けったく》して……っ！」

殿下は私達を指さし憤慨《ふんがい》していたが、少し離れて後ろにいた殿下の側近が近寄り殿下に耳打ちをすると、殿下は少し困ったように唸《うな》った。

「ソフィがこちらに……？　チッ、このことは後で追及《ついきゅう》してやるからなっ！」

殿下は激高しながら大股《おおまた》で私達の前から去っていった。

「結託……？　どういうこと……？」

私はエミール君に腕《うで》を離してもらい彼を見上げながら尋《たず》ねると、彼は悲痛な面持《おもも》ちでうなだれた。彼は私に向き直ったが、まるで罪人のように謝罪の言葉を口にした。

「ごめんなさい、フレデリカさん。全《すべ》てお話しします……」

カフェを後にして私の馬車内に移動すると、彼は以前自分が行《おこな》ったことを告白し始めた。


僕は研究室に来てからフレデリカさんの婚約者であるアーネスト殿下の噂《うわさ》を、様々な場所で耳にした。

ある時は一緒《いっしょ》に働く研究員達から、またある時は他《ほか》の部署の人達が話しているのを聞いた。国の権力者である第一王子のゴシップは丁度いい娯楽《ごらく》なのだ。

大抵《たいてい》の噂が「アーネスト殿下は公務をせずに放蕩三昧《ほうとうざんまい》だ」や「婚約者を蔑《ないがし》ろにして他の女性に耽溺《たんでき》している」などといったものばかり。

さらには「最近は一人の女性に夢中になり、その女性が王宮では我が物顔で振《ふ》る舞《ま》っている」という噂まで聞こえてきた。

「この国に来てから、アーネスト殿下《でんか》の悪評ばかり聞こえてくるな……」

フレデリカさんは人との交流が少ないため、噂について知らない様子だった。

そんな中フレデリカさんが「研究が出来るのもあと少しかと思うと……」と悲しそうにしていたので、僕はアーネスト殿下の噂を確認《かくにん》するためにも殿下のことを聞いてしまった。

フレデリカさんから聞いた殿下の話は噂よりも酷《ひど》く、何より彼女自身が殿下から酷いことをされているという自覚すらないのが辛《つら》かった。

フレデリカさんはいつも何かを諦《あきら》めて、達観しているようなところがある。このまま結《けっ》婚《こん》をしてしまったら、好きな研究も諦めて心を殺したまま王宮内で飼い殺されるだろう。

僕はこの状況《じょうきょう》を黙って見過ごすなんてことは、到底《とうてい》出来やしなかった。

僕だったら……、僕と結婚してもらえたら、こんな思いをさせることは絶対にしない。

フレデリカさんが幸せそうにしている姿を見たかった。そして、もう一度笑顔が見たかった。楽しそうに魔道具を作って満面の笑みで幸せそうにしている姿を見たら、この恋《こい》も諦められるかもしれないと思って留学までして来たのに。

だったらもう、諦めるわけにはいかない。殿下と何としてでも別れさせて僕が笑顔にさせてみせる。

そのためにアーネスト殿下に会おうと殿下の予定を調べ、直近の夜会に参加することにした。

アーネスト殿下のことはすぐに発見出来た。特徴的《とくちょう》な赤い髪《かみ》に眼光鋭《するど》い黒い瞳《ひとみ》。背は僕より低そうだが、そこそこ高いだろう。肩章《けんしょう》がついた白い礼服を着用しており、黒いブーツを履《は》いている。

殿下はフレデリカさんではない女性を横に連れて、取り巻きと思われる貴族の子息達に囲まれながら大きな声で談笑《だんしょう》していた。噂で聞いた通り、態度は大きく横柄《おうへい》だ。

殿下の隣にいる女性はベッタリと殿下の腕にしなだれかかっている。殿下も満更《まんざら》でもなさそうで、取り巻き達は注意すらしない。そんな様子を周りの貴族達は、ヒソヒソと噂し笑いあっている。

万が一フレデリカさんがこの場にいたら、心ない噂の的になってしまうと心配し会場を見渡《みわた》すが、来ていないようで胸を撫《な》でおろした。

僕が調べた情報によると、殿下の隣にいる女性は男爵令嬢《だんしやくれいじよう》らしい。殿下と同じ学院に通っていて、一年ほど前から一緒に夜会に出席するようになったのだとか。

男爵令嬢はフレデリカさんと真逆なタイプで、ふわふわとした巻き毛の長い金髪《きんぱつ》に、タレ目気味の新緑色の大きな瞳が印象的。そしてリアクションが大きく、幼く甘えかかるような声でよく笑う。殿下はこういった女性が好みなのだろう。

事前の噂通り殿下はこの女性にご執心《しゅうしん》らしい。確かに男爵令嬢は殿下の自尊心をくすぐりそうなタイプでよくお似合いだ。

まず僕は彼らに取り入って、それから焚《た》きつけようと画策した。現に今見たところ、殿下の周りにはこの状態を指摘《してき》し忠告する臣下がいないようだ。

それは僕にとってとても都合がいい状況だ。殿下は男爵令嬢を伴《ともな》って夜会に出席しているが、パートナーとは明言したことがないだろう。どんなにベタベタとして周りから浮気《うわき》相手と思われようと、殿下が「友人」と言えば問題はない。行事などの公式なものではフレデリカさんを伴っているからだ。

フレデリカさんを明確に蔑ろにしている発言を、多くの貴族が聞いている中で引き出せれば、ローレンツ侯爵《こうしやく》家を軽視しているとして問題になるだろう。そうなればフレデリカさんとの婚約も白紙に戻《もど》るかもしれない。

僕は早速《さっそく》殿下達に近づこうと思ったが、周りを女性達に囲まれ身動きが取れなくなってしまった。

(参った……、これでは近づくことも出来ない)

複数の女性達の家の夜会に誘《さそ》われ、遠回しに断っているが通じない。

「今度、私の家でも夜会があるんですの。是非《ぜひ》ともフィッツジェラルド公爵様にもご参加いただきたいわ。有名な楽士を呼ぶ予定ですの」

「あら。パース伯爵《はくしゃく》家の夜会よりも、私の家の夜会の方が規模も大きいですし、我が国の貴族達と交友を深めたいのなら是非こちらにいらして」

「なんですって……？　ハンゼン伯爵令嬢。大体貴女《あなた》はいつも……」

彼女達が険悪な雰囲気《ふんいき》になり始め、慌《あわ》てて僕は仲裁《ちゅうさい》に入るが止まらない。

「何の騒《さわ》ぎ？」

突如《とつじょ》、少し鼻にかかった甘ったるい声によって遮《さえぎ》られる。彼女達が喋《しゃべ》るのを止《や》め声の持ち主の方向へ顔を向けると、噂の男爵令嬢が僕の前に現れた。

「貴方《あなた》見ない顔ね。お名前が知りたいわ」

男爵令嬢の行動に周りが少し騒めいた。この場にいる男爵令嬢よりも身分が高い伯爵令嬢達が僕と話しているにもかかわらず、話を遮って話しかけてきたからだ。

しかし、僕と話していた伯爵令嬢達は男爵令嬢の後ろに殿下がいることを知ると、殿下に向けて頭を下げた。

僕も同じように殿下に頭を下げ、笑《え》みを浮《う》かべて二人に挨拶《あいさつ》をする。

「お初にお目にかかります。私はヴィルヘート国より参りました、エミール・フィッツジェラルドと申します。自国では恐《おそ》れ多くも公爵位を賜《たまわ》らせていただいております」

「まぁ、お隣《となり》の国から！　是非お話を聞きたいわ。私はソフィ・エヴァレット。よろしくね」

男爵令嬢はニコリと微笑《ほほえ》み、横にいる殿下は少し不機嫌《ふきげん》そうだ。

「ほら、もう気が済んだだろう。ソフィ、行こう」

「ええ？　私はこの方からお話が聞きたいわ」

僕と話したがる男爵令嬢に、殿下はますます顔が険しくなっていく。

（まずい……。殿下には僕に好印象を抱《いだ》いてほしかったのに）

僕は内心慌てたが顔には出さず、殿下に対して笑顔を向けた。

「私の国でも殿下の評判はお聞きしていますよ」

「評判？」

「ええ。いつも堂々としていて自信に満ち、威厳《いげん》のあるお方だとお聞きしておりました。今回お会いして、まさにその通りの方でいらっしゃるなと」

「そうか」

「アーニーはいつも格好いいのよ」

男爵令嬢にも褒《ほ》められ、殿下も満更でもなさそうに口元を緩《ゆる》ませた。

殿下のようなタイプは、少しわざとらしいぐらい大げさに褒めた方が効く。自信満々に振る舞っているのは、内実自分に自信がなく大きく見せたい表れだから、そこを褒めた方がいい。

「殿下が羨《うらや》ましい限りです。それに、こんなにお綺麗《きれい》な婚約者がいるなんて」

僕が心にも思っていないことを笑顔で告げると、男爵令嬢は破顔し大層喜んでいる。

殿下は「羨ましい」という言葉に気を良くしたようだ。サラリと男爵令嬢を「婚約者」だと表現したのも気がつかずに。

「そんな……お綺麗だなんて」

男爵令嬢が身をくねらせ照れていると、殿下は僕に負けじと彼女を褒めだした。

「ソフィは実に綺麗だ。今回の夜会の中でも一番だろう」

「アーニーったら……っ」

二人はますます、ベッタリと寄り添《そ》いあった。

(良かった。僕の褒め言葉に乗ってくれて。彼女を褒めれば、自分のものであると誇示《こじ》してくれると思っていた)

僕は顔に微笑ましいものを見るかのような笑みを貼《は》りつけたまま、言葉を重ねていく。

「仲が睦《むつ》まじくお幸せそうで実に羨ましい。いつご結婚のご予定でしょう?」

このような発言はこの国の貴族であったら許されないことだろうが、僕は違《ちが》う。僕はこの国に来たばかりの、何も知らない他国の者だからだ。男爵令嬢が正式な婚約者であり近々結婚予定と勘違《かんちが》いしても仕方がない。

「いつ? いつかしら。ねぇアーニー、私達将来は結婚するのよね?」

男爵令嬢は殿下を見上げると、結婚することを何も疑わず信じているかのような目で見つめた。殿下は一瞬《いっしゅん》止まったが、男爵令嬢はその隙《すき》を逃《のが》さず畳《たた》みかけた。

「アーニーは王子様だもの。全《すべ》て思い通りに出来るでしょう？　私を一番のお姫《ひめ》様にしてくれる？」

「……そうだな。俺は全て思い通りに出来る。ソフィが一番だということを知らしめるのがいいだろう。学院を卒業したらすぐにでも結婚しよう」

「アーニー……っ！」

殿下が男爵令嬢を真っすぐ見つめ答えると、男爵令嬢は感動し身を震《ふる》わせる。

（かかった……！）

殿下は女性からガッカリされるのが嫌《いや》で、認めてもらい凄《すご》いと言ってもらえることが男のステータスであり、そのために見栄を張りたい性格だろう。

男爵令嬢も先ほどの声掛《こえか》け時の態度から、身分をわきまえるようなタイプではなく、殿下との結婚を狙《ねら》っているだろうと踏《ふ》んだ。言質《げんち》を取れるこのチャンスに食いつくだろうと思っていた。

僕は内心ニヤリとするが表には出さず、このまま多くの貴族の前で結婚を宣言させ、男爵令嬢を公式のパートナーだと明言させるために、少し過剰《かじょう》に祝うフリをした。

「それは御《ご》同慶《どうけい》の至りに存じます。結婚式も盛大なものとなるのでしょうね」

「結婚式……っ！　アーニー、私は後ろの裾《すそ》が思いっきり長いドレスがいいわ！　長いべールと裾で、バージンロードを歩くのが夢だったの」

「勿論《もちろん》、ソフィの望みは何でも叶《かな》えるさ」

「嬉《うれ》しい……っ！　約束よ」

　二人は感動してヒシッと抱きあった。

　僕はわざと拍手《はくしゅ》すると、殿下《でんか》達の後ろにいた取り巻きの貴族の子息達も拍手をし始め、次第《しだい》に周りにも拍手が広がっていった。殿下達もこの祝福ムードに酔《よ》っているようだ。

「素晴《すば》らしい。ご成婚《せいこん》の際は、是非お祝いを贈《おく》らせてくださいね」

　僕が大きな声でそう告げると、殿下は男爵令嬢《れいじょう》の腰《こし》を抱きながら片手を上げ皆《みな》の前で宣言をした。

「あぁ！　来年俺はソフィと結婚をする！　皆にも祝ってもらいたい！」

　会場にはより大きな拍手が沸《わ》き起こった。

　数日後、王家の馬車が書簡を届けにローレンツ侯爵家に訪《おとず》れ、侯爵はその日のうちに王宮へ参内《さんだい》したとのことだった。

　僕が入手した王宮で働いている者からの情報によると、殿下が「これでソフィと結婚出来る」と男爵令嬢を王宮に早速呼び出していたらしいので、僕は婚約破棄《はき》が成立したのだろうと確信した。

「……僕が殿下達を誘導《ゆうどう》して、大勢の貴族の前で男爵令嬢との結婚を宣言させました」

エミール君は、まるで悪いことをしてしまった犬のように落ち込んでいる。

「話を聞く限り君が悪いとは思えない。だって、そちらの女性と婚姻《こんいん》を結ぶことを決めたのは殿下ご自身でしょう？」

「僕は意図的にフレデリカさんと……殿下の婚約破棄へと仕向けてしまいました。いつかは話すつもりだったんですが、フレデリカさんに嫌《きら》われるのが怖《こわ》くて言えませんでした」

彼は馬車内で対面に座り、ますます小さくなりションボリと俯いている。

私は顎《あご》に手を当てて、ローレンツ侯爵《こうしやく》家に婚約破棄はどのような影響《えいきょう》を与《あた》えたかを考える。

正直婚約破棄自体についてはどうとも思っていない。

殿下はローレンツ侯爵家との婚約を一方的に破棄した。これは王家であっても許されないことだろう。王家が一方的に貴族との契約《けいやく》を破棄出来ることになってしまったら、全ての契約が成り立たなくなる。

父が言う通り、ローレンツ侯爵家には瑕疵《かし》がなかった。それを多くの貴族が目撃《もくげき》していたのは幸いだった。

　王家はローレンツ侯爵家に、婚約する時に交《か》わした契約の賠償金《ばいしょう》を支払《しはら》わなくてはいけないだろう。

　勿論、殿下はそれを理解出来ていたはずだ。殿下は賠償金を払ってでもその女性と結婚したかったのだが、思ったよりも賠償額が高く、私と婚姻を結び直すことで減額を図《はか》ったというところだろうか？

　今回のことでローレンツ侯爵家には何らかの利益が舞《ま》い込む可能性が高いし、結果としては良かったのではないだろうか？

　後はローレンツ侯爵家と殿下の繋《つな》がりがなくなることで、勢力図が変わってしまう可能性があるが、今までと同じように殿下側につくのか離《はな》れるのかは父の政治的判断だ。恩に着せることを目的として、殿下側についていくことを選ぶかもしれない。兄の将来の地盤《じばん》も王家側に貸しを作れば問題がないだろう。

　つまり、ローレンツ侯爵家には何も問題がない。

　それに先ほど、殿下に魔道具《まどうぐ》を「魔法が使えない奴《やつ》らのための代替品《だいたい》」だなんて酷《ひど》いことを言われたのを思い出す。貴族達が魔道具のことを下に見ているのは知っている。でも、面と向かってあんな風に言われるのは我慢《がまん》ならない。

「婚約破棄はされて良かったと思う。ローレンツ侯爵家としては、王家に貸しを作れたことが大きい。父は何かしら有利な条件を引っ張ってくるでしょう」

私が導いた結論をエミール君に告げると、彼は頭を上げほっとしたように息を吐《は》いた。

「そうですか……。でも……、その、こんな男は嫌だと思いませんか？」

「こんな男？」

彼は不安そうにしているが、私にはよくわからず首を傾《かし》げる。

「フレデリカさんと殿下を別れさせるために、口先で唆《そそのか》すような卑怯《ひきよう》な男は……」

彼の声が段々と小さく尻《しり》すぼみになっていく。

「卑怯？　殿下に何を言ったとしても、決めるのは殿下ご自身でしょう？　エミール君のことは嫌だとは思っていないよ」

嫌という気持ちは、「魔法が使えない奴らのための代替品」なんて発言した殿下の方に抱《いだ》く感情だろう。私は、今ハッキリと殿下のことが嫌なのだと実感した。

「……良かったです。フレデリカさんに嫌われてしまったら……と考えると凄く怖くて」

彼は胸を撫《な》でおろしたが、私は別の問題の方が気になっていた。

「そんなことより、先ほど殿下は追及《ついきゆう》すると仰《おつしや》っていた。エミール君が不敬罪で逮捕《たいほ》されたら、どうすれば……」

エミール君が、私のせいで逮捕される可能性があることに恐《おそ》ろしくなった。

彼がカフェで私を庇《かば》ったことも問題だ。殿下の行動を遮《さえぎ》り殿下を咎《とが》めてしまった。あの場で殿下がエミール君を不敬罪で逮捕してもおかしくはなかった。

過去の王族には自分の前を猫《ねこ》が通り過ぎたからといって、猫に対して処罰《しょばつ》を下した方もおられたくらいだ。何があってもおかしくはない。

「大丈夫《だいじょうぶ》ですよ。心配しないでください」

エミール君は本当に何でもないかのように笑うが、私は不安を抱《いだ》いたままだ。

「……もうこんな怖いことはしないで。私を庇ったりせずに、殿下につき出せば良かったのに」

「なっ……！　そんなこと言わないでください！」

彼は目を大きく見開き少し声を荒《あら》らげたが、私は首を静かに横に振《ふ》った。

「私だったら王宮に連れていかれても、父が来るまで耐《た》えるだけで済んだ。あの場には私の護衛も潜《ひそ》んでいただろうし、父に連絡《れんらく》がいったでしょう」

私の護衛は相手が殿下だったので見守る判断をしたと思う。下手に反撃《はんげき》してしまうと、ローレンツ侯爵家が王家に反逆の意思ありと捉《とら》えられるかもしれない。

「何を言っているんですか！　短時間で無理矢理頷《うなず》かせる手段はいくらでもあるんですよ？」

「ああ……。精神操作系の魔法を使われたら……確かに。でもその前にこれを起動させるから問題はないよ」

私は首元の緊急脱出《きんきゅうだっしゅつ》用の魔道具を触《さわ》り、彼に安心させるように頷いてみせるが、彼は納得《なっとく》しない。

「最初にフレデリカさんを昏睡《こんすい》させて、全《すべ》て取り上げた上で魔法もあらかじめ封《ふう》じておけば何も出来なくなるでしょう？」

「でも……私だったら何かあったとしても、命まで取られる心配はない。だって、殿下は私と婚約を結びたいのだから」

彼は悲痛な表情を浮《う》かべたかと思うと、わずかに声を震《ふる》わせながら怒《おこ》ったように語気を強める。

「フレデリカさんはもっと自分の心配をしてくださいよ！　いつもいつも……問題はないって、問題だらけですよ。周りを信用しきって隙《すき》だらけでっ……！」

「自分の心配って……。合理的に考えるとその方がいいでしょう？」

「全然合理的じゃないですよっ！」

「私が捕《つか》まった方が、リスクが少な……」

エミール君は焦《じ》れたように大げさに手を振り下ろすと、私の話を早口で遮った。

「お願いだから、フレデリカさんは少し危機感を持ってください。貴女《あなた》は非力な女性なんですよ。魔法も魔道具も使えなくする手段はいくらでもあります。現に今だって、僕と二人きりなのに何も警戒《けいかい》していない」

「警戒って……何を言って」

彼はハッと軽く笑うと、苛立《いらだ》たしげに吐き捨てた。

「ほら。何も考えてない。僕は今からだって貴女を襲《おそ》えるんですよ？　普通《ふつう》は警戒したっていいはずなんですっ！」

「ちょっと待って。殿下《でんか》の話をしていたはずでしょう？」

エミール君はもどかしげに顔を歪《ゆが》めると声を一層大きくした。

「だから、殿下に連れていかれたらもっと酷いことがっ……！」

彼は慌《あわ》てて口を覆《おお》うと、その先は黙《だま》りこくったまま言わなかった。

「……約束してください。もう自分が捕まった方がいいなんて言わないでください」

エミール君に懇願《こんがん》するような声で言われ、必死な様子に観念した私は、軽く溜息《ためいき》をついて頷いた。

「………わかった。もう言わない」

「ありがとうございます。心配してくださるのは嬉《うれ》しいのですが、僕は本当に大丈夫ですから。フレデリカさんの身に何かある方が耐えられません」

（どうしてエミール君はこんなに私のことを……？　彼の不利益になるじゃない……）

やがて乗っていた馬車がガタンと止まり、いつの間にか侯爵邸《こうしゃくてい》に着いていた。

「あ……着いたようね。じゃあ、ここで。君はこのままこの馬車を使うといいよ」

「そんな。最後まで送らせてください。ここでお別れなんて嫌《いや》です」

「嫌なのか……、じゃあお願い」

彼に侯爵邸の玄関《げんかん》まで送ってもらい、家の者に出迎《でむか》えられる。

「では、明日《あした》研究室で。休憩《きゅうけい》時にでも今日買った魔鉱石の加工の相談に乗ってください」

「ええ。また明日」

私はエミール君に別れを告げ、二階にある自室に戻《もど》り窓の外を見ると、彼が乗った馬車が家を去るところだった。それを見ていると妙《みょう》な寂《さび》しさを感じ、馬車が見えなくなるまで眺《なが》めていた。

いつもだったら夕食の時間まで、新しい魔道具を考えるために自室の机に向かっていたところだが、そんな気にもなれずベッドに腰掛《こしか》ける。

エミール君にはもう言わないと約束をしたが、もしも本当に彼が捕まってしまったらどうすればいいだろうか。

一介《いっかい》の侯爵令嬢《れいじょう》でしかない私は、父を頼《たよ》る以外何も力を持たない。それに、父を頼ったところでエミール君と家は何の繋がりもないから、助けてもらえないだろう。

昔もこんな自分の無力さを実感した時があった。私のせいで犬のぬいぐるみをなくしてしまった時のことだ。無意識に彼を、かつて隣《となり》にいてくれた犬のぬいぐるみに重ねてしまっていたのかもしれない。

あの時のように、私のせいでエミール君も急に私の前からいなくなってしまうかと思うと怖《こわ》くなった。

以前だったら誰《だれ》かに対してこんな思いを抱かなかったのに。たった数ヵ月一緒《いっしょ》にいただけで、こんなに彼を失うのが怖くなるとは予想もしていなかった。

予想外のことが起こると楽しかったはずなのに、今は怖さしか感じなかった。

第四章　叶わない夢

城下町へエミール君と出かけた翌朝。研究室のドアを開けたが、いつものようにエミール君が私のもとへ来ない。

研究室内を軽く見回すが彼はまだ来ていないようだ。今まで彼は私より早く来ているのが当たり前で、彼の身に何かあったのではないかと心配になる。

（まさか……殿下の件で？）

不敬罪で彼が連れていかれるかもしれないと考えたことが、当たってしまったのだろうか。

（いや、でも遅《おく》れているだけかもしれないし）

不安を覚えながらも頭《かぶり》を振り、自分のデスクに着くと今日の準備を始めた。

しかし、彼は始業の鐘《かね》が鳴っても現れることはなかった。

（何か……あった？　昨日は「明日研究室で」って言っていたのに……）

実験室へ行き今日の研究を始めるが、彼のことが気になってミスを連発してしまった。

（最近はミスが減っていたのに……。以前もミスすることはあったけれど、今日は殊更酷《ことさらひど》

い。入れる薬品を間違《まちが》えるなんて）

溜息をつきダメになってしまった実験を止《や》め、片づける。

（あぁ……今までは、エミール君がミスをする前に注意してくれていて……）

今日は以前に取ったデータを精査しようとデスクへ戻る。しかし、落ち着かない気分に掻《か》き立てられ、目の前の書類の内容が頭に入ってこない。

（今日はダメだな……。エミール君のことを考えてばかりで。これまで他《ほか》のことに気を取られるなんてことはなかったのに）

やがて昼休憩の鐘が鳴ったが一人で昼食を取ろうという気にもなれず、そのままデスクで書類を見返していた。

（いっそのことエミール君の家に行って確かめれば……）

椅子《いす》から立ち上がろうとしたが、彼がどこに住んでいるか知らないことに気づき座り直した。国内の貴族ならばどこに家があるかローレンツ侯爵家の者が把握《はあく》しているが、彼は外国から来たためにわからない。

だが、室長ならば彼の住所を知っているだろうと室長室へ向かうが、室長は既《すで》に昼食へ出かけていた。

（戻ってくるまで待とう……）

研究を続けようと自分のデスクへ戻り、気もそぞろにパラパラと書類をめくる。

そのうち昼食に出ていた研究員達が戻って来始めたので、手に書類を持ったまま室長室へ向かうがまだ戻っていないようだ。焦《あせ》る気持ちを抑《おさ》えて自分のデスクに戻ろうとしたところで、研究室のドアから他の研究員に交じってエミール君が来るのが目に入った。

「エミール君……？」

私が慌てて駆《か》け寄ると、彼はパァッと嬉しそうに笑う。

「おはようございます、フレデリカさん。あ、おはようじゃないですね」

「うん、おはよう。そんなことはどうでもいいの。どうして午前中来なかったの？」

「ちょっと予定があって」

「予定が……。そう」

私は胸に手を当て安堵《あんど》し、彼と一緒に自分達のデスクへ戻った。

「どうしたんですか？」

「昨日の件で、君が王宮にでも連れていかれたかと心配して」

「心配してくれたんですか？」

「心配したよ。あんなことがあったから」

エミール君は心拍計《しんぱくけい》を光らせ、喜びが隠《かく》せないように頬《ほほ》を押さえた。

「フレデリカさんが心配してくれるなんて……。幸せすぎる……」

「こんな時すぐに連絡《れんらく》が取れないのは困るね。私は君がどこに住んでいるかも知らない」

「ああ。城下町にあるホテルに滞在《たいざい》していますよ」

「ホテルに……？」

「半年間と短いですからね」

彼がここにいられるのも後一ヵ月半ほどだ。それが過ぎたら彼は自国に帰ってしまう。

「そう……だね」

彼が帰ってしまったら、今日の午前中のように彼がいないことが当たり前になるのだ。

私は彼がいなくなった時のことを想像して、胸に穴が開いたかのような寂しさに襲われる。いつの間にか、彼が隣にいることが当たり前になってしまっていた。

――もうすぐ、私の前からいなくなってしまう……の？

「フレデリカさん？」

「いや、何でもない。それより、先週の魔石《ませき》の構造を変化させる実験なのだけれど……」

私はその寂しさを掻《か》き消すかのように、午後の研究に移った。


そして翌日の朝。

「フレデリカさん、おはようございます。今日も大好きです。結婚《けっこん》してください」

いつものようにエミール君から、満面の笑《え》みで好きだと告げられ安心する。

「……おはよう」

毎日こう言われなくなる日が、一ヵ月半後には来てしまう……。

私が立ち止まって彼を見上げ見つめていると、彼は不思議そうに首を傾《かし》げた。

「フレデリカさん？」

「結婚か……」

結婚すれば、エミール君が横にいて一緒に研究出来る生活は続くのかもしれない。しかし、今の私には叶《かな》わない夢のように思われた。

殿下《でんか》はまた私と婚約を結ぼうとしていた。父がどうするのかわからないが、また殿下と婚約し直すのかもしれない。どちらにせよ、今のような生活はもうすぐ終わる。それを考えると、胸の中に重苦しいものが広がっていった。

「もしかして、僕との結婚を考えてくれたんですか……？」

彼は嬉《うれ》しくてたまらないというように顔を輝《かがや》かせるが、私は首を横に振《ふ》る。

「いや、前にも言った通り私には決定権がない」

自分のデスクへ歩き出すと、彼も私の後を追う。

「フレデリカさんは、今少しでも僕との結婚を考えてくれませんでしたか？」

席に着き横に座った彼から見透《みす》かされたように言われ、思わず顔を逸《そ》らす。

「……どちらでもいいでしょう？」

「大事なことです」

彼の何が何でも諦《あきら》めなそうな様子に私は押されてしまう。

「……考えた……けれど、無意味なこと。私には決定権がないもの」

「本当ですかっ!? 無意味なんかじゃないですよ。今までは僕との結婚は考えてくれなかったでしょう？」

彼は心から沸《わ》き立つ充足感《じゅうそく》を確かめるように、両手を握《にぎ》りしめ喜びに打ち震《ふる》えた。

「そんなに喜ぶこと？」

「僕との結婚を考えてくれた事実が嬉しいです。大きな進歩です」

「……そう。でも、私が考えたところで何も変わらないでしょう？」

「変わりますよ！ 僕にとってはフレデリカさんの気持ちが一番重要なんです。僕の『好き』って気持ちも理解してくれましたか？」

「それはまだ……。心拍計のおかげで、君がいつも私を好きだと思っていることは理解出来たけれど……。そもそも君がなぜ私を好きなのかがわからない」

殿下との件で、彼が不利益を被《こうむ》ってでも私を助けようとしたけれど、その理由がわからない。何かしらの利益がないと結婚したいと思わないだろうし、私自身に価値はない。

正直、私は好かれるような人物ではないと思う。一般《いっぱん》的な淑女《しゅくじょ》からはかけ離《はな》れているし、魔道具を作っている変わり者と周りから言われているのは知っている。

唯一《ゆいいつ》持っているものは身分ぐらいだろう。

彼は私に初めて会った時から好意的だったが他の皆《みな》は違う。普通《ふつう》は私に話しかけてくる人など稀《まれ》で、大抵《たいてい》遠巻きにされるのだ。だから彼に好かれる理由がわからない。

「うーん、それは少し長くなってしまうので退勤後でもいいですか？」

「ええ。でもそんなに長くなるようなこと？」

「実は、僕がフレデリカさんに初めて会ったのは十二歳の頃《ころ》だったんですよ」

「えっ……そうすると、私が十歳の頃？」

幼い頃に彼に会っていた……？

そのことに驚《おどろ》きつつも承諾《しょうだく》して、退勤後エミール君と魔法研究機構から歩いて行けるほど近くの公園で話を聞くことになった。


僕がフレデリカさんと出会ったのは、アーネスト殿下とフレデリカさんの婚約発表パーティーの時のことだった。

幼い僕は父親に連れられ、隣国《りんごく》のラザフェスト王国のパーティーに参加していた。

婚約者二人のお披露目《ひろめ》が終わり、その後は一通り挨拶《あいさつ》を済ませ、父は懇意《こんい》にしている相手と長話をしているので、僕は王宮の庭園を一人うろついていた。

そんな中庭園の片隅《かたすみ》で隠れるように蹲《うずくま》って、地面に何か書いている女の子を発見した。

よく見ると、先ほど第一王子のアーネスト殿下の婚約相手と紹介《しょうかい》されていた子だった。

（えっと……名前はなんだったかな。確かローレンツ侯爵令嬢《こうしゃくれいじょう》？）

僕は少し興味を持ち、話しかけてみることにした。

「ねぇ、君はアーネスト殿下の婚約者の子でしょう？　こんなところにいていいの？」

彼女はチラリと僕の方を見て一瞬面倒《いっしゅんめんどう》くさそうな表情を浮《う》かべたが、すぐに笑顔を貼《は》りつけ立ち上がった。

「これは大変失礼いたしました。婚約発表パーティーにご参加いただいている方だとお見受けいたしますが……」

「いいって。そういうの疲《つか》れるでしょう？」

僕は慌《あわ》てて手を振って、彼女が畏《かしこ》まった態度を取るのを遮《さえぎ》った。

「でも……」

「こういうやり取りが面倒くさくて隠れていたんでしょう？」

彼女はコクンと年相応の子どもみたいに頷《うなず》いた。

「わかるよ、ごめんね？　僕も面倒くさくて逃《に》げてきたんだ」

「そう」

僕は共感を示して取り入ろうとしたが、彼女は取り繕《つくろ》った表情を止《や》めてサラッと躱《かわ》した。

（こっちの方の彼女が素《す》なのかな？）

先ほどのお披露目の時に見た彼女は指先まで完璧《かんぺき》な所作の淑女で、常に貴族令嬢らしい優雅《ゆうが》な笑みを浮かべていた。その姿と今の姿が違いすぎて興味を惹《ひ》かれてしまった。

彼女はここから立ち去らない僕を見て少々煩《わずら》わしそうにすると、また蹲って何かの計算式を地面に石で書き始めた。

僕には彼女が何の計算をしているかわからなかったが、何とかして会話しようと試みた。

「これ、何の計算？」

「……今作っている魔道具の計算」

僕も彼女の隣《となり》にしゃがみ込んで聞いてみるが、彼女は僕のことなど見ずに計算する手を止めもせず答えた。

魔道具については全然わからなかったがここで引くのも負けになる気がして、幼い僕は精一杯《せいいっぱい》知ったかぶりをしてしまう。

「えっと、この記号は密度を表しているでしょ？　こっちは……」

「えっ！　貴方《あなた》も魔道具を作ったりするの？」

急に彼女が声を弾《はず》ませキラキラとした瞳《ひとみ》を僕の方へ向けたので、僕は途端《とたん》に罪悪感が湧《わ》き素直に謝った。

「いや、ごめんね。魔道具《まどうぐ》のことはわからない。計算式は先生が授業中の余談で言っていて、たまたま知っていた記号を言っただけなんだ」

「そうなの……」

彼女が途端にションボリしてしまい僕は慌てた。

「良かったら僕に教えてくれないかな？　魔道具を作っているって言っていたけど」

「うん！」

彼女は僕の言葉にさらに目を輝かせて、今作ろうとしている魔道具のことを教えてくれた。

僕には高度すぎて内容についていけなかったが、あまりにも彼女が楽しそうに話すので聞いているのが楽しかった。

僕は自分で言うのもなんだけれど、何でも満遍《まんべん》なく出来る方で器用なタイプだと思う。だから何か一つにのめり込むという経験がなく、夢中になっている彼女のことが羨《うらや》ましかった。

「魔道具より魔法に興味ないの？」

気になっていた質問をすると、彼女はあからさまにガッカリした表情を見せた。

「みんな、そう言うね。魔法を唱えるより魔道具の方が、発動が早いから便利なのに」

「発動が……。確かに早いよね」

「そうでしょう？　最終的に目的が達成されればいいから手段は何でもいいはず。だったら早い方が便利なのに、なんでみんな魔法にこだわるんだろう」

「そっか……そうだよね」

彼女のこの考えに、今まで見えなかったものが見えるようになったと感じた。貴族は魔法を重視してあえて魔法を使うところがある。それを当たり前だと思っていたが、彼女の言う通り手段は何でもいい。

「わかってくれるの？」

急に嬉《うれ》しそうな顔を向けられドキッとした。

「う、うん。魔法にこだわらなくてもいいよね」

「そうなの！　それに、魔法は人間が使うから肉体的な限界があるでしょう？」

「そうだね。魔力が尽《つ》きたら魔法は使えないし」

「魔道具だったら疲れることもないし、そのうちきっと魔法を超《こ》えられるはず。魔道具にはその可能性があるのっ！　私はいつか魔法を超える魔道具を作ってみせる！」

魔法を超えるなんて大きなことを言い出してビックリしたが、ワクワクとした様子で語る彼女に憧《あこが》れに近い感情を抱《いだ》いた。

「本当に魔道具が好きなんだね」

何気なく発した一言だったが、彼女は顔を綻《ほころ》ばせると花が咲《さ》いたように笑った。

「うんっ……！　大好き」

その瞬間、全《すべ》ての時が止まったかのように感じられた。

僕は恋《こい》に落ちてしまった――。

そう自覚するまでに長くは時間がかからなかったが、僕は我に返ると重要なことを思い出した。

（彼女はアーネスト殿下《でんか》の婚約者《こんやく》じゃないか……）

最初から実るはずもない初恋をしてしまいかなり落ち込んだが、それでも何とか彼女に気に入られたかった。

「僕も、魔道具のことを勉強するよ」

「本当……？　魔道具のことに興味がある人が周りにいないからうれしい」

幸せそうな表情を向けられると、心臓を鷲掴《わしづか》みにされたかのような衝撃《しょうげき》が走り、呼吸困難に陥《おちい》りそうになった。

「うん……。頑張《がんば》る……」

なんとか僕がそれだけを返事をすると、彼女は喜んでくれた。

その後彼女と別れた僕は、すぐに彼女の名前を調べ一人になった時に口に出してみた。

それだけで胸を締《し》めつけられるようだった。

僕はこの一度火がついた不毛な恋をなんとか掻《か》き消そうと努力したが、全て徒労に終わった。何をしても彼女に対する想《おも》いが消えることはなかった。それどころか、ますます恋心が募《つの》っていった。

既《すで》に他人の婚約者で僕と結ばれる未来はないというのに。

僕はフレデリカさんに宣言した通り魔道具の勉強を始めたが、学んでいくうちに魔法を使えない人のために何とか助けになれないだろうかと考えるようになり、熱中するようになっていった。

数年後、フレデリカさんが飛び級で学院を卒業し魔道具の研究室に入室したことを知った。僕は未練がましくもフレデリカさんに一目会いたくて、研究室へ短期留学という形で入室したのだった。


「そんなに昔から……？　ごめん、覚えていなくて」

同じベンチで横に座っているエミール君から話を聞いて、忘れていたことに罪悪感を覚え謝った。

「いえ、たった一回会っただけですし。覚えてなくて当然ですよ」

彼は私を安心させるように笑うと、もう暗くなって星が出始めている空を見上げて遠い目をした。

　そして彼はやや切なげな目を私に向け、軽く息を吐《は》いた。

「それよりも、どうして好きになったのかを理解してもらえましたか？　僕は貴女《あなた》が魔道具を好きだと笑った姿を見て、恋に落ちたんです」

「魔道具を……」

　返ってきた答えは予想外のもので困惑《こんわく》してしまう。そんな昔から私のことを好きでいてくれたのも、私の言葉で魔道具の勉強をしてくれていたことも……。

　私のことを好きなのも、結婚したいと言うのも、ローレンツ侯爵《こうしゃく》家の娘《むすめ》だからだと思っていた。何かしら利があるのだろうと。

「最初は何度も諦《あきら》めようとしたんですよ？」

「諦めようと？」

「そうです。でもフレデリカさんの代わりはいなくて、ここまで来てしまいました」

「私の代わりはいない……」

　私はその言葉に胸を摑まれたような感覚に陥った。ずっと望んでいたのかもしれない。

　今まで、ローレンツ侯爵家の娘としての役割を全《まっと》うしようと思っていた。誰《だれ》もが、私のことをローレンツ侯爵家としか見てくれなかったから。

　だけれど……本当は、私のことを家とは関係なしに見てほしいと望んでいた。私自身彼に言われるまで気がつかなかった。いや、諦めていたのかもしれない。

「フレデリカさんが幸せそうな姿を一目見ることが出来たら、諦められると思っていました。ですが、結婚のために大好きな研究を止《や》めようとしている姿を見て、諦められなくなったんです」

「幸せ……？」

「僕の方が殿下よりもフレデリカさんを幸せに出来ると、傲慢《ごうまん》にも思ってしまったんですよ。今造っている僕の研究所もここより設備がいいし、貴女なら、小さい頃《ころ》に言っていた魔法《まほう》を超える魔道具を作れるのにって」

彼は少し自嘲《じちょう》的に笑い目を伏《ふ》せ、やがて私に視線を戻《もど》すと苦しそうに微笑《ほほえ》んだ。

「それに、留学してから、毎日貴女に会う度《たび》にずっと恋に落ち続けてしまって辛《つら》いんです。……どうしても諦められない」

ここまで私を求めてくれて嬉しいと思ってしまった。何より彼から魔道具の能力を必要とされてたまらなく嬉しい。

「魔道具を夢中になって作っているフレデリカさんは、僕が憧れたあの頃の面影《おもかげ》があって。それに、どんなことでも真剣《しんけん》に向きあってくれるところや、絶対に他人を否定せずに受け入れてくれるところ。それから、意外に不器用で僕を頼《たよ》ってくれるところも凄《すご》く可愛《かわい》くて、そういうところ全部含《ふく》めて大好きなんです」

彼は慈《いつく》しむように目を細めると、私の手をそっと握《にぎ》った。彼の心拍計《しんぱくけい》は光り始めていたが、その光はいつもより弱い。

「お願いです……僕の手を取ってくれませんか？　僕だったら、フレデリカさんの能力を最大限に発揮させることが出来ますし、一緒《いっしょ》に世界を変えていきたい」

「世界を……？」

「ええ。僕は魔法を使えない人が軽視されない世界に変えたいんです。そのために既に準備もしています。でも、僕は一人じゃなくフレデリカさんと共に、今までにない魔道具を作って、一緒に世界を変えていきたい。だから、ずっと隣《となり》にいる権利をください」

「権利……」

彼の言葉に心が揺《ゆ》り動かされそうになる。私も一緒に彼の国に行って魔道具を作りたいし、私だって魔道具が馬鹿《ばか》にされないような世界を見てみたい。

でも……私はローレンツ侯爵家からは逃《のが》れられない。この家に生まれた以上、家のために役に立たなくてはいけない。それが唯一《ゆいいつ》今までの恩《おん》を返せることだから。

「――僕と、結婚してください」

ゆっくりと落ち着いて、それでもハッキリと私に告げたその言葉は、日頃の結婚を申し込むものとは異なっていた。

私達の間にいつもと違《ちが》う空気が流れ、彼に握られた手から心なしか緊張《きんちょう》しているのが伝わってくる。

私は口を動かすが、どれも言葉にならず虚空《こくう》へ消えていってしまう。

彼の真っすぐな目を見つめ続けることが出来ず、目を逸《そ》らしてしまった。

何度結婚を申し込まれても私には決定権がない。

「……ち、父に言ってもらわないと。私には……」

「………僕じゃダメですか？　フレデリカさんの隣にいることは出来ないですか？」

彼の震《ふる》えた声に思わず私は目をあわせると、こちらまで胸が痛くなるような酷《ひど》く傷ついた顔をしていた。

「その……、でも、私には……」

私だってエミール君に隣にいてほしい。でも口には出せない。何も答えられないでいると、彼は無理矢理笑顔《えがお》を作った。その笑顔が痛々しく、胸がギュッと押し潰《つぶ》されそうになる。

「……決定権がない。ですよねっ」

彼はやたら明るい口調で答えると、握っていた手をパッと離《はな》した。

「ご、ごめ……」

「謝らないでください」

彼は悲しげに苦笑《くしょう》を漏《も》らすと、一転していつもの人懐《ひとなつ》こい笑みを浮《う》かべた。

「僕はまだ諦めたくないので、謝られると困ります。最後まで頑張らせてください」

「最後まで……」

その言葉で明確な終わりが示唆《しさ》され、私はたまらなく寂《さび》しい気持ちになってしまった。

「侯爵邸《てい》まで送りますよ」

「え、うん。ありがとう……」

彼はベンチから立ち上がると私に手を差し出し、私はその手を取って立ち上がった。

「そういえば、ここの馬車乗り場が便利なんですよ。使う人が少なくて」

「え？」

急に違う話をされて戸惑《とまど》ってしまう。

「研究室からも近いですし、最近はここを使うようにしているんです」

「そうなの……？　あぁ、以前待ち伏《ぶ》せされていたと言っていたね」

「ええ。馬車乗り場と歩くルートを替《か》えて特定されないようにしています。ここともう少し離れたところに、もう一つ乗り場があって日によって替えています」

「ああ。今日も裏口から出てきたものね。色々対策しているのね」

「面倒《めんどう》くさいですけどね。でも歩くのも運動になりますから」

「運動ね……」

その後彼と違う話をしていると、次第《しだい》に空気がいつものものに変わっていった。

「フレデリカさん、おはようございます」

研究室のドアを開けると、いつものようにエミール君に出迎《でむか》えられる。

「おはよう」

挨拶《あいさつ》を返すと、エミール君は今日の研究の話をし始めた。

(…………ん?)

そのまま話しながらデスクに座るが、今日は「好き」とか「結婚《けっこん》してほしい」と言われていない。横に座っている彼を見るがいつもの笑顔で返された。

私はそのまま研究を始めるが、横で同じく研究をしている彼のことが気になってしまう。

(昨日のあんなに真剣な結婚の申し込みを断ってしまったから……?)

急に自分の胸が何かに抜《ぬ》き取られたように空洞《くうどう》になり、そこに風が吹《ふ》いているかのような寂しさに襲《おそ》われる。

(でも、昨日は諦《あきら》めたくないと言っていたのに……)

わずかに悲しさを感じてしまい少し眉《まゆ》をひそめた。しかし、遅《おく》れて自分の中に湧《わ》いた感情を自覚して驚《おどろ》いた。

(私は自分で彼の結婚の申し込みを断っておきながら、彼に諦めてほしくないと思っているの……？）

自分の身勝手な思いに気づいて恥《は》ずかしさを感じる。居たたまれず、彼から離れるために実験室へ逃《に》げ込んだ。

（頭を冷やして実験に打ち込もう……）

実験作業を続けていると昼休憩《きゅうけい》の鐘《かね》が鳴り、私は片づけて研究室に戻った。

エミール君はデスクに座っていて、いつもなら彼からお昼を誘《さそ》われるが、今日の彼はずっとデータをまとめている。

「……忙《いそが》しい？」

「ええ。これだけまとめてしまおうと思って」

「そう」

隣に座り彼がデータをまとめ終わるのを待つ。

（あれ？　私は……彼からお昼を誘われるのを待っていた……？）

いつもの習慣で彼にお昼を誘われるのが当然になっていた。

彼とお昼を一緒に食べるようになって、誰《だれ》かと食事を共にすることを楽しく感じていたのかもしれない。この間城下町に出かけた時も、一緒にケーキを食べた時は美味《おい》しく感じた。いつも味なんて気にしたことがないのに。

それなのに自分からお昼に誘うことなく、受け身なままの自分を自覚して軽く溜息《ためいき》をついた。

彼の作業が終わったのを見計らい目をあわせると、彼はニコリと笑った。

「終わった？」

「ええ。終わりました」

「……じゃあ一緒にご飯を食べましょう」

私は少し緊張して彼をお昼に誘うと、彼はパッと顔を輝《かがや》かせた。

「食べましょう！」

(良かった……。いつものエミール君だ)

私達はいつもの休憩室へ向かい一緒《いっしょ》に昼食を取ったが、そこでも彼から「好き」という言葉は聞けなかった。午後に入り、午前中の実験の続きを再開しようとするも、集中出来ず彼のことばかり考えてしまう。

(私は彼から『好き』と言われるのを望んでいた……？　じゃないと、こんなに寂しいとか不安を覚えたりしない。でも、『好き』という気持ちは未《いま》だ理解出来ていないのに……？)

出口のない迷路のように、頭の中に考えを彷徨《さまよ》わせても答えは出ない。

エミール君が実験室に入ってきて、彼は魔石《ませき》の実験を斜《なな》め向かい側で始めた。実験室には今二人しかいない。

彼のことが気になってしまいチラチラと盗《ぬす》み見る。彼はテキパキと手際《てぎわ》よく多数の魔石の一部を採取し、薬品に浸《つ》け反応を見ていく。

実験をしている時の彼の表情は、笑っていないせいか少し冷たさを感じるほどだ。しかし真剣《しんけん》な様子に私の胸はドキッと反応してしまった。

（…………え？）

自分の心拍計《しんぱくけい》に目を移すと光を放っている。私は焦《あせ》り彼に気づかれないように、そっと右手で左手首の心拍計を覆《おお》い隠《かく》した。

（どういうこと……？）

冷静を装《よそお》ってまた彼の姿を盗み見ると、今度は胸がキュウと苦しくなった。そして切なく寂しいような感情に支配される。

（何……これ……）

自分の体の反応と感情が頭で理解出来ず混乱してしまう。あんなに心拍計を光らせることを望んでいたのに、今は嬉《うれ》しいより戸惑いの感情しか湧かない。

（一旦《いったん》落ち着こう……）

実験室内にある水場に行き、使い終わった器具を洗い始めた。手に当たる冷たい水で少し心が落ち着いてくる。

（良かった。心拍計も光らなくなった）

私はほっとするが、自分の感情が理解出来ない。

（なぜ心拍計が光らないと安心したのか。彼に見られるのが嫌《いや》だと思った。なぜ？　それは恥ずかしいから。恥ずかしく感じる……なぜ？）

自分の頭の中に次々と出てくる疑問に状況《じようきよう》を整理しなくてはと、洗い終わった実験器具を水切り棚《だな》に置いて、手の水気を払《はら》い近くの布で手を拭《ふ》いた。

実験室を出て研究室の自分のデスクに戻《もど》ると、顎《あご》に手を当てて考え始めた。

まず、私は彼に「好き」と言われないことに不安や寂しさを感じた。次に、私への結婚申し込みを諦めてほしくないとも彼に思ってしまった。

つまり私は「好き」とか「結婚したい」と言われることを彼に期待していた？　いや、今これは横に置いておいて事実だけ抜き出そう。

もう一つ、彼の姿を見て私の心拍計が反応した。胸が高鳴り切なく寂しい気持ちを感じた。これは心拍計で証明されているから、胸が反応したのは事実。

なぜ反応したのか。私が彼を『好き』になったから？

彼と行《おこな》った最初の実験では、彼と私の反応の差は『好き』の有無《うむ》の違《ちが》いだったと仮定する。そうなると、今私の心拍計が反応したのは『好き』であるからと思える。

心のノートにメモを取っていたものを読み返す。

『好意的な感情を感じた時に好きと思う』――未確認《みかくにん》。

『好きを伝えるのは言葉だけじゃない』――伝えようと思ったことがないから除外。

『相手が喜んでくれると嬉しい』――私もエミール君が喜ぶと嬉しい。確認済み。

『顔がいいと好きになる？』――先ほど彼を見て胸が反応したが、顔のせいかわからない。要確認？

『好きだと心臓が苦しいほど高鳴る』――苦しくなったので確認済み。

『好きだと顔が赤くなり恥ずかしい』――自分の顔は確認出来ないので未確認。でも、心拍計を見られることを恥ずかしいと思った……が、よくわからない。

『見つめると好きが溢《あふ》れる』――後で実験？　要確認？

『好きだと心拍数が上がる』――確認済み。

『好きだと相手のことを常に考えてしまう』――今日はずっと考えてしまった。確認済み。

『好きな人の好みは気になる』――未確認。

（これが条件の全《すべ》てではないから何とも言えないが、十個中四個当てはまっている。……ふむ。『好き』である可能性がある？　要確認事項《じこう》ですぐに確認出来るものは、彼を見つめてみること……？）

以前行った心拍計の実験のように彼に後で時間を取ってもらって、手を繋《つな》いだり見つめてみたりして再検証してみればいい……と頭ではわかっているが、恥ずかしくてそれを実行する勇気が湧かない。

……と、ここまで考えたところで、ペトル君から声を掛《か》けられた。

「ちょっと、今時間いいっスか？　聞きたいことがあるんスけど」

「え？　うん。大丈夫《だいじょうぶ》。何？」

ペトル君から以前研究したデータのことを尋《たず》ねられ、頭を切り替《か》え集中していった。

その後、ペトル君から新たな問題が上がったので実験室に戻り、問題を解決すべく時間を忘れて実験に没頭《ぼっとう》し始めた。


「………………さん」

「え？」

後ろから声をかけられ振《ふ》り向くとエミール君が立っていて、私は取り乱し手に持っていたガラス容器を落としてしまった。運よく中に薬品を入れる前で、実験室の床《ゆか》に打ちつける高い音だけが響《ひび》き渡《わた》る。

焦って割れた破片を片づけようとしゃがみ込むと、右手に鋭《するど》い痛みが走った。

「――痛っ！」

手の平の直線状に切れた傷口から、プツプツと血が浮《う》かび始める。

「フレデリカさんっ！」

血相を変えたエミール君が私の手を掴《つか》んで確認しようとするので、咄嗟《とっさ》に手を引いてしまった。

「大丈夫」

「本当ですかっ⁉　僕が掃除《そうじ》するのでフレデリカさんは椅子《いす》に座って動かないでください」

彼は飛び散った破片を片づけようとしたが、怪我《けが》の方が先かと思ったのか慌《あわ》てて外に出て行こうとする。

「その前にポーションを取ってきます……っ！」

「そ、そこまで深くないし軽い怪我だから、傷口を保護するだけで済むよ」

私は取りに行こうとする彼を制止すると、実験室内にある水場に行き傷口を洗った。

ポーションは外部の力を借りて傷を修復してくれるが、軽い怪我には逆効果だ。軽い怪我でポンポン使ってしまうと、自身の修復能力を弱めてしまう。

傷口を洗い流すと血も止まったので、浅くて良かったと安堵《あんど》した。

実験室に他《ほか》の人がいなくて良かった。割れた破片が飛んで、他の人を傷つけてしまったかもしれない。エミール君も怪我がなかったようだし、不幸中の幸いだった。

割れた破片の片づけをしてくれた彼は水場に駆《か》け寄ると、心配そうに私の手を覗《のぞ》き込み、まるで自分が怪我をしたかのように痛ましげな表情を浮かべた。

「せめて手当てだけでもさせてください」

彼は私を椅子に座らせると、実験室に常備されている救急箱を取ってきて、手を洗い隣《となり》の椅子に座った。

彼は手当てをしようと私の手を持とうとしたが、私は急に恥《は》ずかしく感じ彼から救急箱を取り上げた。

「じ、自分でやるからっ！」

まず傷口に貼《は》る布をハサミで切ろうとするが、右利《き》きの私は傷があるためハサミを握《にぎ》れない。

「僕がやりますよ」

「……傷薬を塗《ぬ》るだけでも大丈夫だから、必要ないよ」

「傷口は保護しておかないと、動かしにくいでしょう？」

一歩も引かない様子の彼に、観念して手を差し出した。

彼は丁寧《ていねい》に布を切ると、私の手を取り傷薬を傷口に塗り始めた。私の手を支える彼の手が温かく、触《ふ》れたところが熱を持ったように熱い。

（意識してしまう……）

私は目をギュッとつぶるが、却《かえ》って手の感覚をより感じてしまう。段々と胸がドキドキしてきてしまい下唇《したくちびる》を噛《か》んで耐《た》えるが、旨《うま》くいかない。

「痛みますか？」

心配そうな声で目を開けるが、彼の顔が目に入り恥ずかしくて思わず顔を逸《そ》らしてしまった。

「大丈夫。もう、そのくらいでいいでしょう？」

「ちゃんと、傷口を覆《おお》わないとダメですよ」

私は早く終わってと念じながら耐えるが、胸はどんどんドキドキしてしまう。

次は切っておいた布を傷口に当て、包帯で固定をするために、再度私の手に彼の手が触れ、耐え切れず再び目をギュッとつぶった。包帯をくるくると巻いている感覚があったが、途中《とちゅう》で彼がピクッと反応し手が止まった。

「え……？」

彼の声に疑問を感じて目を開け彼の視線の先に目を向けると、私の左手首にある心拍計《しんぱくけい》が高頻度《こうひんど》で光を放っている。

「あっ！」

咄嗟に左手首を背中の後ろに隠《かく》したが遅《おそ》かった。

「フレデリカさん……、心拍計が……」

「……その、これは」

彼は目を瞬《まばた》かせ口を半ば開けたまま、左手首を隠す私を凝視《ぎょうし》している。

何か言い訳しようとするが言葉が出てこない。心臓はより速く鼓動《こどう》を打ち始めうるさいくらいだ。

やがて彼が私の後ろの方に視線を移すと、彼の心拍計も反応し光り始める。

「え……？　光が点滅《てんめつ》してる……？」

彼はそう呟《つぶや》き片手で口元を覆ったかと思えば、みるみるうちに顔を紅潮させ声を震《ふる》わせた。

「本当に……？　信じられない……」

私が彼の視線を追って後ろを振《ふ》り返ると、実験器具が置いてあるガラス棚《だな》に反射して私の振り返る姿が映っている。

後ろ手に隠していた心拍計は丸見えで、私は凄《すご》い速度で顔が羞恥《しゅうち》に染まった。

「違《ちが》うっ……！　違わないけれどっ！　でも、違うのっ……！」

自分がおかしいことを言っているのはわかるが頭が回らない。違うと言ってしまったので、エミール君が作った物を否定しているわけではないと慌てて伝えようとする。

「その、だから……、心拍計に対して言っているわけではなくて」

私はさらに言葉を重ねるが、まるで意味をなさない。

「え、あ、はい」

彼は顔を赤くし、心拍計もより高頻度で光を放つようになっている。それを見て私もますます恥ずかしさが増してしまう。

「ちゃんと心拍計は正確に動作しているのだけれどっ……！　違うと言ったのは……」

「凄く……嬉《うれ》しい……です」

「え？」

「フレデリカさん、大好きです」

「え、あ……、大好きって。そのっ……！」

その言葉に一際《ひときわ》大きく胸が高鳴ってしまう。

彼は少しはにかむと私に向かって笑いかけ、私はいよいよ臨界点に達した。

「〜〜〜〜〜〜〜〜っっ!!」

私は泣きそうになりながら、緩《ゆる》んだ包帯を急いでグルグルと雑に巻き直す。

実験室の時計がとっくの昔に終業時間を過ぎているのを確認《かくにん》し、ガタンと椅子から立ち上がった。

「帰るっ……！」

私は一方的にそう告げると、部屋を勢いよく飛び出した。

研究室にある自分の鞄《かばん》を摑むと、後ろを確認せずに速足で退出し、自分の家の馬車に飛び乗った。

馬車内で自分の顔に手の甲《こう》を当て冷やすが効果はなく、どんどん熱くなっていく。心拍計を確認すると依然《いぜん》として光を高頻度で放っている。

「エミール君から好きって言われて嬉しいと思ったの……？　ドキドキもしてしまったし、彼のことが好きになった……？　だから嬉しかった……？」

一人自問するが勿論《もちろん》答えてくれる存在はいない。心臓の音が相変わらずうるさく、静かなはずの馬車内が騒《さわ》がしいほどだ。

緩んだ包帯を丁寧に巻き直し自分の手を眺《なが》めていると、先ほどのことを思い出して恥ずかしさが蘇《よみがえ》ってくる。今日起こった出来事を身悶《みもだ》えしながら思い返していると、馬車がガタンと揺《ゆ》れ侯爵邸《こうしゃくてい》に着いた。

扉《とびら》が開けられ馬車から降り屋敷《やしき》に入ると、長年勤めてくれている執事《しつじ》に出迎《でむか》えられる。

「お嬢様《じょうさま》、王家より王宮への招致《しょうち》の書簡が届いております」

「え……？」

執事から書簡を受け取ると、慌《あわ》ててその場で確認する。

受け取った書簡には会見要請《ようせい》と書かれており、父は既《すで》に明日拝謁《あしたはいえつ》する旨《むね》を記した書簡を王宮へ送ったそうだ。

私は自室のベッドの枕《まくら》に顔を埋《うず》めながら、明日のことを考えていた。

多分、明日は殿下《でんか》と私の再婚約を結ぶ話がされるのだろうと予想される。父が殿下と私の婚約を承諾《しょうだく》してしまえば、私は以前の予定通り研究室を辞《や》め王宮へ移り住むことになるだろう。

（嫌《いや》だ……）

殿下と結婚をしたら魔道具《まどうぐ》に触れることは出来なくなるだろう。王宮の常時人の目がある状態で、王妃《おうひ》としての仕事を疎《おろそ》かにしていると周りに思われる行動は到底《とうてい》出来ない。

大体、一般《いっぱん》的な貴族女性として研究や仕事をすることは認められない。しかも、貴族女性のトップである王妃が、貴族に認められていない魔道具に関《かか》わるなんて不可能だろう。

これからは、ローレンツ侯爵家に生まれた者として務めを果たさなければいけない。

今までは、それは仕方ないことと諦《あきら》めていた。でも、今は殿下とは結婚したくない。私は気づいてしまった。エミール君に『好き』と言われて嬉しいことも。彼に諦めてほしくないと心の奥で望んでいたことも。

そして何より、私はエミール君のことを失いたくはない。私の前からいなくなるなんて嫌だ。彼に隣《となり》にずっといてほしい。

彼は前に『フレデリカさんの代わりはいない』と言ってくれた。

私のことをローレンツ侯爵家の娘《むすめ》ではなく、魔道具を好きな私を見て好きになってくれた。それがたまらなく嬉しい。私はずっと誰《だれ》かに私自身を見てほしいと思っていたから。

それに私も彼が目指す未来を一緒《いっしょ》に見てみたい。

彼は絶えず私に『好き』を伝えて、私に手を差し伸《の》べてくれていた。私はその差し出された手を取ることを、考えもせず諦めてしまっていた。

犬のぬいぐるみをなくしてしまった時のように、自分の無力さ故《ゆえ》に諦めることをもうしたくない。

私はエミール君のことも、一緒に研究をしてこの世界を変えることも諦めたくない。私も自分から彼に手を伸ばさないと何も摑《つか》めない。

だから、動かないといけない。彼と結婚をしたいと父に伝えなければ。

執事によると、明日王宮に向かうために父は夜に帰宅する予定らしい。父が帰ってきたら私に教えてくれるよう執事に伝え、その時を待った。

しかし、いざ伝えようとすると傷つきたくないと目を逸らし続けていた自分の弱さにも気づいてしまった。

第五章　期待しなければ良かった

私が六歳の時、エレナお母さまが亡《な》くなった。

母の記憶《きおく》はおぼろげだが、いつも陽《ひ》だまりのように温かく笑う人で、ライラック色の優《やさ》しげで緩やかなウェーブがかった美しい髪《かみ》が印象的だった。

私は母の髪の色が好きで私もそんな髪色だったらと羨《うらや》ましげに言う度《たび》に、母は私の頭を撫《な》でながら父譲《ゆず》りの私の髪の色を褒《ほ》めてくれていた。私は母に頭を優しく撫でられた後、思いっきり抱《だ》きしめられるのが好きで、わざと何度も羨ましがったほどだ。

そんな母が急な病気で亡くなり、屋敷中は暗く重い空気に満ち溢《あふ》れ家の中にまで雨が降っているかのようだった。

重苦しい家から抜《ぬ》け出すように兄は後継者《こうけいしゃ》として領地で暮らすことになり、この家から出ていった。あれから兄には数えるほどしか会っていない。

母の肖像画《しょうぞうが》は屋敷から全《すべ》て撤去《てっきょ》され、父は仕事で滅多《めった》に家にいることはなくなった。

私はこの広い屋敷の中で、たった一人になってしまった。唯一側《ゆいいつそば》にいてくれたのは、母からもらった犬のぬいぐるみだけだった。

どこに行くにもぬいぐるみを連れて行き、ずっと一緒だった。それがあるから、私は一人の寂《さび》しさをどうにか耐《た》えることが出来た。

しばらくして、私が七歳になる前に教育係として家庭教師がやって来た。

その家庭教師はローレンツ侯爵家の遠縁《とおえん》にあたる貴族で、若く美しく才女と名高い女性だった。彼女は青みがかった黒髪を綺麗《きれい》に結《ゆ》い片側に垂らしており、いつも弧《こ》を描《えが》いたように見える瞳《ひとみ》の優しげな顔立ちだった。初めは私に優しかったが、父が家にいないことを知ると徐々《じょじょ》に厳しく接するようになっていった。

まず、家庭教師からは貴族令嬢としての基本を叩《たた》き込まれた。

「ローレンツ侯爵令嬢として、家門の役に立つことこそが存在意義なのです。貴女《あなた》はローレンツ侯爵家を背負っているのですから、家の恥《はじ》とならないように全て完璧《かんぺき》でなければいけません」

歩き方に始まり、カーテシーの仕方、食事の仕方、笑い方、それに付随《ふずい》する手や足の角度まで。全て完璧に出来るまで繰《く》り返しやり直し。

（もうやだ……。毎日毎日）

私は目の前に置かれた食器を見て泣きそうになっていた。

今日は朝から夕方まで、延々とスープを飲む練習をさせられていたのだ。少しでも角度がズレていると手を叩かれた。時間が来て家庭教師は帰っていったが、未《いま》だ合格は出来ていない。

（完璧に完璧にって、ずっとほめてくれない）

それは貴族令嬢にとって、普通《ふつう》のことだったのかもしれない。しかし幼かった私は、段々と褒められたい欲《よく》が芽生えてしまった。お母さまがいたら褒めてくれたのに……と。

（そうだ……っ！　先生がわからないことを私が知っていれば、きっとおどろいて私をすごいと思ってほめてくれるかも）

私はそうと決めると、まず家にある書斎《しょさい》で犬のぬいぐるみと一緒に色々な本を読み漁《あさ》った。家庭教師が知らなそうな知識を求めて読んでいたが、どれも貴族には当たり前の知識に思えた。

（うーん。どれが、先生が知らないことかわからない……）

そんな中、歴史の本を読んでいる時に魔道具の記述があり、詳《くわ》しく調べようと書斎中の本を漁ったが魔道具についての本はなかった。

魔道具は家の中でも普通に使われている。例えば明かりをつけるランプがそうだ。魔石を動力源にして光の魔法を発動させている。

私は家の執事に聞いてみることにした。執事は父が不在時に当主に代わって仕事の決定も行《おこな》っているため、貴族としての知識は豊富にある。

「ねぇ。聞きたいことがあるの」

「なんでしょうか、お嬢様」

眼鏡を掛《か》けた白髪《しらが》交じりの執事《しつじ》は、膝《ひざ》を屈《かが》めて私に目線をあわせると優しい笑《え》みを浮《う》かべた。

「あのね、このランプがなぜ動いているのかわからないの」

私が手に持ったランプを見せると、執事は丁寧《ていねい》に受け取り、中に入っている魔石を指し示した。

「この魔石で動いております。魔石の中に光の魔法が込められていて……」

執事は魔石の説明をするが、私はその仕組みを歴史の本で知っていた。

「それは知っているの。私はどうやって魔石に光の魔法を入れるのかがわからないの」

「魔石への入れ方ですか……。魔《ま》法陣《ほうじん》を使うそうです」

「魔法陣はどうやって作るの？」

私がさらに質問を重ねると、執事は少し困った表情を見せた。

「特殊《とくしゅ》な薬品を使ったインクで描《か》いて、魔石を反応させるとは聞いたことがありますが……。具体的には私の知識が足らずお答え出来ません」

執事が悩《なや》んでいる様子に、私はこれだと確信した。

「申し訳ございません、お嬢様《じょうさま》」

「ううん、いいの。魔道具の作り方を大人はみんな知っているの？」

「え……？　一部の者なら知っているとは思いますが、専門職になるかと……」

「そうなの？　じゃあみんなは知らないのね」

私は執事から答えを得るとニンマリと笑った。これを勉強すれば、家庭教師が知らない知識を身につけられる。

「はい。良かったら本を取り寄せましょうか？」

「うん！　お願い！」

数日後、私は執事から取り寄せてもらった魔道具の本を受け取り読んでいると、知らないことが沢山《たくさん》出てきた。それらを理解するために、さらに別の本を取り寄せるというサイクルを繰り返しながら、魔道具の知識をつけていった。

執事に頼《たの》んで本に載《の》っていた器具を用意してもらい、自分でも魔道具を作ってみることにした。

犬のぬいぐるみを隣に置きながら本を読み、家にあるランプを解体し、次はそれを組み立てて元通りにする。最初は本の通りにやってみても光の魔法が発動せず、さらに本を読み込み勉強し、ようやく光の魔法が発動し元通りに直すことが出来た。

「出来た……っ！」

初めて自分で何かを成し遂《と》げたという達成感に、私は快感さえ覚えていた。

授業で魔法を使うことはあったが、これほどの達成感は覚えられなかった。魔法は教えられたことをその通りにやると出来てしまう。

魔道具はわからないからこそ、自分で試行錯誤《さくご》出来ることが面白《おもしろ》かった。

「えへへ……」

自分で作ったランプを点《つ》けたり消したりを繰り返し、夜はそれを眺《なが》めていた。

ランプを眺めていれば、一人の夜でも怖《こわ》くなかったから。

凄《すご》く楽しかった……。魔道具を作っている時は没頭《ぼっとう》し、父や母がいない寂しくて辛《つら》い気持ちを忘れることが出来た。それに組み立て直したランプに愛着まで湧《わ》いてくる。

私はランプの魔道具を作れるほどに理解したので、授業の終わりに家庭教師に聞いてみることにした。家庭教師が答えられず、私がそれを答えられれば凄いと思ってくれるはずだ。

「先生、お聞きしたいことがあります」

「なんでしょう」

私は椅子《いす》から立ち上がり、自室のベッドサイドに置いてあったランプを持ってきて、家庭教師に質問をした。

「このランプについて教えてください！」

家庭教師は最初魔石について答え、その次に光の魔法について説明した。しかし私が深く質問をさらに重ねていくと、ついには答えられなくなった。

（やった……！）

私は得意げな顔をして、自分が得た知識を家庭教師に教えようとしたが、私が口を開くよりも前に、彼女は赤い唇《くちびる》でにっこりと笑った。

「平民が作る魔道具に興味を持つなんて淑女《しゅくじょ》としてはあり得ないこと。よくありませんよ」

「え？　……よくないのですか？」

「そうです。魔道具は平民が使う物です。淑女として下々の者が使っている物に興味を抱《いだ》くのはよろしくありません」

「私達も使っているのに……？」

「我々が魔法を使ってするまでもないことを、魔道具で行《おこな》っているだけです」

彼女は私に優《やさ》しく言い聞かせるが、私は反発を覚えてしまう。

「そんなことありません。便利だから……」

「私は貴女のためを思って言っているのですよ？」

「でも、魔法は詠唱《えいしょう》が必要で時間がかかるじゃないですか……」

「フレデリカさんは魔法よりも魔道具の方が凄いと言いたいのですか？」

彼女の声色《こわいろ》に圧力を感じ、私は少し怯《ひる》んだが負けたくはなかった。

「魔法と魔道具で同じ効果になるなら、早い方がいいでしょう……？」

「魔道具があるからといって、我々貴族と同じ立場に立てると勘違《かんちが》いした平民のようなことを言ってはいけません。元から生まれが違うのです。私達は彼らを使う立場なのですよ」

「……先生もわからないのに。魔法と同じことを自分達の力で出来るようにした平民はすごいじゃないですか！　魔道具は魔法を超《こ》えられますっ！」

私は悔《くや》しくなり、勢いにまかせて言ってはいけない一言を言ってしまった。

彼女は忌々《いまいま》しげに溜息《ためいき》をつき私を一瞥《いちべつ》すると、私のベッドに置いてある犬のぬいぐるみを手に取った。

「……この私が侯爵《こうしゃく》家にふさわしい淑女として教育してきたのに、まだ理解が足りないようですね。フレデリカさんには罰《ばつ》が必要です。完璧《かんぺき》な淑女になれる日までこれは預かります」

「返して！」

彼女に取り上げられた犬のぬいぐるみを取り返したくて手を伸《の》ばしたが、勿論《もちろん》身長差があり届くわけがなかった。

その犬のぬいぐるみは、母の病状が悪くなり私と一緒《いっしょ》にいられなくなった時に母からもらって大切にすると約束をした物で、唯一《ゆいいつ》の母との繋《つな》がりであり側《そば》にいてくれる存在だった。それがないと一人になってしまう。

「お願いです！　返してください。大切な物なんです。他《ほか》の物だったら……」

私は彼女に必死に頼んだが、彼女は私がそのぬいぐるみを大切にしていることがわかって、より口角を吊《つ》り上げた。

日を替《か》えて返してほしいと再び懇願《こんがん》するも、余計彼女を喜ばせるばかりで結局その日も返ってこなかった。私が必死になればなるほど、彼女の思い通りになってしまう。

ぬいぐるみを返してもらうために、彼女の言う通りに淑女教育をこなしたが、合格することはなく返してもらえなかった。

いっそのこと父に訴《うった》えてぬいぐるみを取り戻《もど》そうとも考えたが、地方へ行き多忙《たぼう》な父に訴える機会がそもそもなく、そのまま時が過ぎ、家庭教師は代替《だいが》わりし違う人が来るようになってしまった。そのおかげで、ぬいぐるみを取り返すことも叶《かな》わず諦《あきら》めざるを得なかった。合格して取り返すことが出来なかった自分の無力さを痛感する。

そもそも初めに、誰《だれ》かに褒《ほ》められたいと望んだことが間違いだった。望まなければ、こんなことも起こらなかったのに。私のせいで母との約束を守れなかった。

しかし、魔道具はいけないものだとは知りつつも、作った時の楽しさを忘れることは出来なかった。そして隠《かく》れて魔道具を勉強するようになり、どんどんのめり込んでいった。

そのうち十歳になり殿下《でんか》との婚約《こんやく》話が持ち上がった。父もそのことで以前よりは家に帰ってくるようになった。私を伴《ともな》って行事などに出席することが多くなったからだ。

父と接する機会が増え、殿下という共通の話題で会話することが出来て嬉《うれ》しかった。

やがて殿下と婚約をし、父から殿下とお会いした時の様子などを聞かれ、私を見てくれた気がしてますます嬉しくなった。

聞かれたことを一方的に私が話し父は聞いているだけだったが、それでも私は幸せだった。

殿下との婚約で行事やパーティーに出ることが多くなった私は、同じぐらいの年の子が両親と一緒に参加しているのを見て羨《うらや》ましくなってしまった。

私は他の子を羨ましく感じないように表面上の交流しかしなかったが、それでも寂《さび》しさは消えることがなかった。

次第《しだい》に母の姿をもう一度見たいという欲求《よっきゅう》が膨《ふく》らんだが、屋敷《やしき》には母の肖像画《しょうぞうが》の一枚もなかった。

そこで、自分の記憶《きおく》から母の姿を再現出来る映像装置を作ろうと考え開発し始めた。

この時の私は父と旨《うま》くいっていたせいか、少し調子に乗ってしまっていた。犬のぬいぐるみの件で、魔道具に関《かか》わること、褒められることを望むことはいけないって学んでいたはずだったのに。

私はさらに本を読み知識をつけ、屋敷中の使わなくなった魔道具を解体し素材を調達しながら、試行錯誤を繰《く》り返し、やっと『使用者の脳内イメージを画像として表示する魔道具――通称《つうしょう》メモリーリーダー』を完成させた。

懐中《かいちゅう》時計の外殻《がいかく》を利用し、文字盤《ばん》の部分に映像を映す盤面を埋《う》め込み、リューズ部分を使用者の意識を読み込むボタンとして製作した。

使用者の脳内に思い浮《う》かべたものが、盤面に表示されるというものだ。

「問題なく動いていると思うけれど……」

試《ため》しに自分で使ってみるが、画面にはボンヤリとしか母の姿は表示されない。

「なぜ、イメージがぼやけているの……？」

私が母ではなく他の物を思い浮かべてメモリーリーダーを起動させると、母よりは鮮明《せんめい》に表示される。しかし何度やってみても母の姿だけがボンヤリとしていた。

「まさか、私の記憶の方に問題が……？」

母が亡《な》くなったのは四年も昔のことだ。もう記憶が大分薄《うす》れてきてしまっている。

その事実に気づき愕然《がくぜん》としてしまった。母の姿を作り出そうとしたのに、そもそも思い出せないから完成させることが出来ないのだ。

「私では無理なの……？　もう覚えてないから？」

次第に視界がにじみ歪《ゆが》んでいく。ポタポタと涙《なみだ》が一つ二つと自分の手の上に落ちていった。しかし、私はあることに気がついた。

「でも、お父さまなら……？」

自分が出来ないのなら、別の誰かに使ってもらえばいい。

「お父さまならお母さまと私より長くいたし、もっとハッキリ思い出せるはず」

それにこんな凄い物を作ったのだから、父に褒めてもらえるかもしれない。何より父も母に会いたいはずだから。

褒められるかもと思ってしまった私は、魔道具《まどうぐ》に関わることはいけないと言われていたことを忘れて、父に使ってもらおうと丁度帰宅した父を玄関《げんかん》へ迎《むか》えに向かった。

「お帰りなさいませ、お父さま」

私はカーテシーを披露《ひろう》し父に挨拶《あいさつ》を済ませると、自分が作ったメモリーリーダーの説明を行った。

「……という便利な物なのです。ですからお母さまの姿も思い浮かべるだけで……」

父も母の姿を再現するという発明に喜んでくれると期待していたのだが、一瞥しただけで執務室《しつむ》へ向かって歩き始めた。私も慌《あわ》てて速足でついていき執務室の前で父に追いつくと、メモリーリーダーを父に差し出した。

「このボタンを押しながら、お母さまの姿を脳内に思い浮かべてください」

ワクワクしながら返事を待っていると、父は私の方を振《ふ》り返りまるで厭《いと》うような冷たい眼差《まなざ》しを私に向けた。

「お父さま……？」

「こんな物をなぜ作った」

「え？　それは……、その……」

父の冷ややかな声色と視線に怯《おび》え上手《うま》く答えることが出来ない。魔道具を作るなんて、家庭教師が言う通り貴族としてはいけないことなのを思い出した。

私が謝ることも出来ずその場で凍《こお》りつき立ち竦《すく》んでいると、父はますます眉間《みけん》に皺《しわ》を寄せ大きく溜息をついた。

(嫌《きら》われてしまった……。魔道具なんて作ったから)

「私はエレナのことを思い出したくない」

父はそのまま執務室へ入り扉《とびら》が閉められ、その重い扉は再度開くことはなかった。

「お父さまはお母さまのことを嫌っていたの……?」

呆然《ぼうぜん》としながら閉められた扉を見つめると、全《すべ》てを拒絶《きょぜつ》するかのような扉に父の姿が重なった。

その後、父にこれ以上嫌われないように魔道具に関わることを止《や》めた。

しかし、この件以降父はまた家に帰らないようになり、私も自分から父に話しかけることが出来ずにいた。それからは、無心でローレンツ侯爵家の駒《こま》である役割を全《まっと》うしようと勉学へ全てを費《つい》やした。

なぜなら、父は殿下と婚約した時に私の話を聞いてくれたから。もっとローレンツ侯爵家の役に立つ存在になれたのなら、再度私を見てくれるかもしれないと思ったのだ。

与《あた》えられた課題を次々にこなしていく日々を送っていると、二年で成人までの学業を終え最終試験に合格。王妃《おうひ》教育も同時に一年で終え十二歳になった。

さらに勉学を頑張《がんば》るような気概《きがい》があれば良かったのだろうが、自分に求められた以上のことをする気は湧《わ》かず、死んだように過ごしていた。

「お嬢様《じょうさま》、今日も何もなさらないおつもりですか？」

私は部屋に入ってきた執事《しつじ》に顔を向けないまま、椅子《いす》に座って窓の外を眺《なが》めていた。

「だって何もすることがないもの」

「では、魔道具を開発するための研究員になるのはいかがでしょう？」

「研究員……？」

私が執事の方に顔を向けると、執事はにっこりと微笑《ほほえ》んで魔法研究機構のパンフレットを差し出した。

「ええ。こちらの研究機関では、魔道具を研究し開発もしているそうです。お嬢様も魔道具がお好きだったでしょう？」

私はパンフレットを一瞥《いちべつ》すると、首を振って受け取りを拒《こば》んだ。

「魔道具なんて淑女《しゅくじょ》らしくないこと、お父さまが到底《とうてい》許さないでしょう？」

私が自嘲《じちょう》気味に笑うと、執事は私を安心させるかのような柔《やわ》らかな声でハッキリと告げた。

「旦那《だんな》様はお嬢様の結婚《けっこん》まで自由にして良いと仰《おお》せでしたので、問題はございません」

「自由に……?」

それを聞き、胸に抱《いだ》いていたほんの少しの期待が淡《あわ》く散っていくのを感じた。

研究室に通っても問題がない?

あの時「こんな物をなぜ作った」と魔道具を作ったことを咎《とが》め、受け取ってくれなかったというのに。

父に自分のことを見てほしくて、今まで魔道具に関わることを止めて、勉強を頑張って完璧《かんぺき》な淑女になろうとしてきたのに、私がしてきたことは無駄《むだ》だったのだろうか。

何をしても父には見てもらえない。そのことを突《つ》きつけられた気がした。私は殿下《でんか》と婚約する役目を既《すで》に果たしたから、結婚までは勝手にしていいということなのだろう。

「わかった。そのパンフレットはそこに置いておいて」

執事から顔を背《そむ》け窓の外に視線を移し、執事が私の部屋から立ち去る音を確認《かくにん》して、頬《ほほ》を伝う涙を拭《ぬぐ》った。

もう父は私のことを見てはくれない。殿下と結婚することが、私がローレンツ侯爵《こうしやく》家の役に立てる上限値だった。

だったら結婚まで父が言う通り自由にさせてもらおう。

私はどうしても捨てられず、引き出しにしまっておいたメモリーリーダーを取り出した。

それを見ると、あの時感じた苦しい思いと同時に、一人でいる寂しさを忘れて夢中になり没頭《ぼっとう》していた時の気持ちを思い出した。

父に見てもらいたいと望んで傷つくのはもう嫌だった。もう期待をしない。それに、魔道具を作り咎められたことを、父へ当てつけたい気持ちもあった。

私はメモリーリーダーを握《にぎ》りしめると、研究室に通うことを決めた。

それから、魔道具を作る時点でもう淑女ではないのだから、開き直って研究室では淑女ではなく素《す》のままの自分で過ごした。そうすることで、初めて息を吸えたような解放感があった。元々高位貴族が私以外いない研究室では、平民も多く、淑女であることを強要されなかったし問題もなかった。

それに魔道具は人と違《ちが》って期待を裏切ることはなく、安心していられた。

私は自分の全ての時間を魔道具へ費やしのめり込み、徐々《じょじょ》に元気になっていった。

研究していると自分でも思いも寄らない結果が出て、それをパズルのように解き明かすのが楽しかったし、独自に考えたことがちゃんと結果となって、魔道具という形に現れることが何よりも快感だった。

しかし、それに浮かれてますます魔道具に没頭し、他人と関《かか》わって嫌われるのが怖《こわ》い、一人は寂《さび》しいという気持ちから目を逸《そ》らしここまで来てしまった。

父から嫌われて、傷つくことを恐《おそ》れていた。父に従っていたら、私のことは見てはくれなくても、再度嫌われないで済むと思っていた。

だから今まで父の意向に反することは出来なかった。

でも今回、エミール君と結婚したいと伝えることで、父から嫌われローレンツ侯爵家から縁《えん》を切られたとしても構わない。

そのことで平民に落ちエミール君と結婚出来なくなるかもしれないが、そうなったら彼の研究所で働かせてもらおう。稼《かせ》ぎになる魔道具を開発すれば、自分の食い扶持《ぶち》くらいは稼げるだろう。当分の間の生活費は、今まで作った魔道具を売却《ばいきゃく》することで何とかなると思うし、そんな生活も悪くない。

私は、エミール君と結婚したい。そのことを父に伝える。

殿下と結婚をするのは、絶対に嫌――。

夕食から三時間ほど経《た》った頃《ころ》、執事から父が帰宅したことを知らされ、父の執務室へ向かった。

私は扉の前で下を向き、ノックをすることを躊躇《ためら》っていた。拒絶し扉を閉めた父を思い出し、怖気《おじけ》づいてしまう。

(でも、私はもう傷つくことを恐れて父に従うことは止めた。エミール君と結婚したいと伝える)

私は顔を上げると軽く息を吸って、包帯が巻かれた右手でノックをした。

従者に開けてもらい入室すると、父は帰宅後も仕事をしていたらしく眼鏡をかけ執務机で書類にペンを走らせていたが、私が挨拶《あいさつ》をするとペンを止め、眼鏡を外《はず》し私と向きあった。

「なんだ？」

「あ、明日《あした》の件なのですが……」

父の射貫《いぬ》くような眼差《まなざ》しに緊張《きんちょう》して声が上擦《うわず》ってしまう。

「あぁ……そのことか」

私は表情を引き締《し》めると、父の目に視線をしっかりとあわせた。

「はい。私はアーネスト殿下とは結婚したくありません」

父は私をじっと見つめると、しばらくして手元の書類の方に視線を移した。

「そうか。それで、フレデリカは誰《だれ》か結婚したい人がいるのか？」

「えっ？」

てっきり許さないと返事が来るものだと思っていたので、この返事に驚《おどろ》いてしまう。

「あの、私と殿下を再度婚約させるつもりなのでは……？」

「そんなこと、元よりさせるつもりはない。それで？」

「そうなのですか？」

「ああ」

殿下と結婚させるつもりはないって、政治的判断なのだろうか。いや、今はそんなことを考えている場合じゃない。私は手を固く握りしめ前を向いた。

「いないのか？」

「います。同じ研究室で働くエミール・フィッツジェラルド様です」

私が一気に言い終わると、父は私をチラリと見てまた書類に視線を戻《もど》した。

「……そうか。では手続きを進めておく」

「え……？　よろしいのですか？」

あっさりと承諾《しょうだく》され拍子抜《ひょうしぬ》けしてしまう。父は依然《いぜん》として書類に目を向けたままで表情が読めない。

「フレデリカがしたいのだろう？」

「そうですが……」

「後は進めておくから問題はない」

父は眼鏡をかけ直すと、手元の書類にペンを走らせ始めた。

私は狐《きつね》につままれたような気持ちで、礼をして退室するとそのまま自室へ戻ってきた。

「え……？　お父さまが、許可してくださった……？」

私はベッドに腰掛《こしか》け、今起こったことを振《ふ》り返り確認をする。

「殿下と再婚約させるつもりはなかった……？　それより私がしたいから……って」

父に言われた言葉が蘇《よみがえ》る。

『フレデリカがしたいのだろう？』

「私の意向を汲《く》んでくださった……？」

今になって、ジワジワと染《し》みるように嬉《うれ》しさが湧《わ》き上がってくる。私は初めて父が自分のことを見てくれた気がして、少し口元が緩《ゆる》んだ。


翌日、父と二人で王宮へ上がり陛下に謁見《えっけん》を賜《たまわ》る。

陛下は赤髪《あかがみ》を逆立て顎鬚《あごひげ》があり恰幅《かっぷく》が良く、まるで獅子《しし》のような風貌《ふうぼう》だ。確か父よりは若く四十歳だったと記憶《きおく》している。

玉座に座っている陛下の横にはアーネスト殿下も座っており、今日の用件はやはり婚約《こんやく》破棄《はき》についてのことらしい。

私達は挨拶を済ませ陛下の前で跪《ひざまず》き頭《こうべ》を垂れた。

「よい。頭を上げてくれ」

私達が頭を上げると、陛下は少しすまなそうに見える顔で謝罪を口にした。

「私の不在時に愚息《ぐそく》がしでかしたこと。どうか許してはもらえないだろうか？　アーネストにも謝罪をさせよう」

アーネスト殿下は不機嫌《ふきげん》さを隠《かく》さず謝罪する様子は見せない。

陛下は許してほしいと言ってはいるが、自分が不在時のことだから婚約破棄は無効にしたいと言っているようなもの。

父を横目で見るとにっこりと笑顔《えがお》を貼《は》りつけている。

「そのような過分なお言葉、身に余る思いでございます」

「では……」

「しかし、いただいた婚約破棄の書簡は印が入った正式な物。陛下も承知の上で送られた物と拝受いたしました。フレデリカにも既《すで》に新しい婚約者がおりますし……」

（え……？）

私がエミール君と結婚したいと言ったのは、昨日の夜遅《よるおそ》く。もう既にエミール君と婚約したのだろうか……？　それとも殿下《でんか》との婚約を断るために、確定事項《じこう》として進めているのだろうか？

父の真意が読めずに焦《あせ》ったが、何を聞かれても父に話をあわせようと笑顔を崩《くず》さずにいた。

アーネスト殿下は我が意を得たりとばかりに、得意げな様子でニヤリと笑った。

「ほら父上。俺の言った通りでしょう？　俺と婚約時から既に別の人と繋《つな》がっていた」

「アーネストは少し黙《だま》っていなさい」

陛下が横にいる殿下を窘《たしな》めると、殿下は少し不貞腐《ふてくさ》れ大人しく従った。

「既に新しい婚約者が？　それは随分《ずいぶん》と早いことだな」

「ええ。天の巡《めぐ》りあわせとでも言いましょうか、運良く」

「しかし、婚約者がいない目立った子息は国内にいなかっただろう？」

「婚約相手は、隣国《りんごく》のヴィルヘート国の公爵《こうしやく》閣下であられます」

「ふむ……。隣国の。婚約はどうにかならないものか……」

「俺はその者に嵌《は》められたのです！　婚約前からフレデリカが不貞《ふてい》を働き、俺を二人して陥《おとし》れたのです」

陛下は眉間《みけん》を指で押さえ横目で殿下を見ると、大きく溜息《ためいき》をついた。

「アーネスト、夜会の件は他《ほか》の者から聞いている。元はといえば、お前が他の女性と結婚を宣言したことが問題じゃないか」

「父上……っ！　話を聞いてください！」

殿下は慌《あわ》てて陛下に取り縋《すが》ろうとするが、陛下は手を横に振った。

「それに、調べたところフレデリカ嬢《じよう》には問題がなかったということだ」

「俺は……」

「今回呼んだのはお前に謝罪をさせるためだ。妄言《もうげん》を吐《は》かせるためじゃない」

陛下は声を一段階低くし殿下に冷酷《れいこく》に告げると、父に向き直った。

「そこでだ、ローレンツ卿《きょう》。フレデリカ嬢とうちのリュカを結婚させるというのはどうだろうか？」

（リュカ殿下と婚約……？）

予想だにしない話に固まった。しかし、予想していなかったのは殿下も同じようで陛下の言葉に狼狽《ろうばい》している。

「父上……？　それはどういうことです？」

慌てる殿下に対して陛下は側《そば》にいた近衛《このえ》兵を呼ぶと、殿下を外に連れていけと命令した。

「お前は王太子としての責務を忘れ、この期《ご》に及《およ》んでも己《おのれ》がしでかしたことを理解していないことがよくわかった。リュカを新たな王太子とする」

「そんな、待ってくださいっ！　聞いていません!!」

殿下は最後まで納得《なっとく》せず叫《さけ》んでいたが、近衛兵に押さえられ部屋から退出させられた。

その時、陛下は殿下を見ることはなかった。

「うちの愚息が本当にすまない。聞いての通りだ、王太子はリュカにすることにした。それでフレデリカ嬢にうちのリュカをと思うのだが」

陛下は笑みをたたえて、優《やさ》しい声色《こわいろ》でこちらに問いかけるが圧力を感じる。

（あぁ……こちらが本題ということ）

アーネスト殿下の主張を事前に聞いていないはずがない。王太子の変更もこの場で決めることはない。既に事前に決定されていたはずだ。

アーネスト殿下を同席させた理由は謝罪させるためではなく、私達に見せつけるためだ。私達の目の前であえてリュカ殿下へ王太子を変更することを告げることで、アーネスト殿下を罰《ばっ》し私達への謝罪を済ませた。

（つまり、これだけのことをしたのだから当然要求は呑《の》んでもらうという脅《おど》し……。こんなもの退けられるわけがない）

私は背中にドッと汗《あせ》をかくのを感じた。

（お父さまはこの要求を呑まざるを得ないだろうし、もう逃《に》げ出すことは敵《かな》わない。私の意思なんて、やっぱり無駄《むだ》なことで意味がなかった）

リュカ殿下との婚約は、リュカ殿下の支持基盤《きばん》の弱さをローレンツ侯爵《こうしゃく》家で補い、ローレンツ侯爵家がつくことで、侯爵家と懇意《こんい》にしている家門もリュカ殿下を支持することを見越《みこ》してのことだろう。

アーネスト殿下という駒《こま》は、いとも簡単にリュカ殿下に挿《す》げ替《か》えられてしまった。しかも、あますことなく利用されて。これが王族というものだ。

私は横目で父を見るが、父は平然としており相変わらず表情が読めない。

「それは些《いささ》か難しい問題かと、恐《おそ》れ多くも申し上げます。既に公爵閣下との事業提携《ていけい》も進めている最中ですし、その賠償《ばいしょう》となると……」

「事業提携だと？」

（え……？）

陛下はやや目を見開き驚《おどろ》いているが、私も驚いてしまい表情を隠すために頭を下げた。

「ええ。既に王宮へ事業計画書は提出していますが、あちらのフィッツジェラルド領と我がローレンツ領の生産物の貿易路拡大、それに伴《ともな》う新たな輸送システムの導入を予定しておりまして、この提携により千人以上の雇用《こよう》を創出することが可能です。既に……」

（貿易路拡大……？　雇用創出？）

父の口から出た、初めて聞く言葉に耳を疑う。

（私がエミール君と結婚したいと言ったのは昨日。それなのに、なぜこんな話が既に進められているの？　事業計画書も提出されているって、確実に以前から決まっていた……）

「新たな輸送システムは、フィッツジェラルド領とローレンツ領に複数の中間配送拠点《きょてん》を作り協力、共有することによって、迅速《じんそく》な物流とその地域周辺の雇用も作り出します。それに伴い、中間配送拠点近くに存在する生産業者と商品のやり取りを行い、保管、注文処理、配送などを私共が代行することによって、生産業者は少ない初期投資で販売《はんばい》を始めることが出来ます」

「それは旨《うま》くいくのか……？」

「ええ。既にフィッツジェラルド領では成功しております」

「ふむ……。それが成功すれば国全体に広げることも可能かもしれないが……」

陛下は少し前のめりになり、顎鬚《あごひげ》を触《さわ》りながら考え込んだ。

（お父さまとエミール君は最初から繋がっていたの？　いつから……？）

私の胸の中にエミール君への不審感が広がっていき、耳が詰《つ》まり父の声が遠くなっていく感覚に襲《おそ》われた。

「しかし……」

渋《しぶ》る陛下に対し父がさらに言葉を重ねる。

「それに婚約相手のフィッツジェラルド公爵閣下は、現ヴィルヘート国王の末子。臣籍《しんせき》降下なされたとはいえ、元王族相手に既に結ばれた婚約を覆《くつがえ》すのは国家間の問題にも発展しましょう」

（エミール君が、現国王の末子……!?）

信じられない言葉が聞こえた。

公爵位にあるということは、王族の血縁《けつえん》関係なのだろうなとは思ってはいた。

そもそも高位貴族にあたる者達は少なからず王家と関係がある。現にローレンツ侯爵家も王家の遠縁にあたる。

しかし、現国王の直系卑属《ちょっけいひぞく》にあたる子が、こんなに早く公爵になることは滅多《めった》にない。

つまりは世継《よつ》ぎ問題があるからだ。直系と傍系《ぼうけい》では権力も重要度もかなり変わる。

（お父さまは全《すべ》て知っていた……？　それで婚約を結んだの？）

私は目の前の全てが崩れていくような感覚に襲われながら、しばらくして意識を戻《もど》すとリュカ殿下との婚約の話はなくなり王宮を退出していた。


私はどうやって帰ってきたのかも覚えていないまま、気がつくと自室のベッドで枕《まくら》に顔を埋《うず》めていた。

（エミール君はどんな気持ちで私に結婚《けっこん》したいと言っていたの？）

最初からエミール君は父と繋《つな》がっていた。そうでなければ辻褄《つじつま》があわない。事業計画の提出も事前になされていた。いつから私とエミール君が婚約していたのかはわからないが、かなり前からなのだろう。

最初に彼から結婚を申し込まれた時には、もう決まっていたのかもしれない。それから毎日結婚したいと言われて、私はその度《たび》に「父に言って」と告げていたけれど、既《すで》に言っていたのね。

（馬鹿《ばか》みたい……）

エミール君に『私の代わりはいない』と言われて嬉《うれ》しく思ったことも、父に『フレデリカがしたいのだろう？』と言われて嬉しく感じたのも、全部馬鹿みたいだ。

（やっぱり、全ては利益のため……）

父はエミール君が現国王の子だと知っていたからこそ事業計画を利益があると進め、私との婚約も承諾《しょうだく》したのだろう。身分が絶対であるこの世界において、王族であることはかなり大きい。事業の許可や進行も王族が関《かか》わっているだけでスムーズになる。

（エミール君との婚約を告げなかったのは、どうせ私には拒否権《きょひ》がないから？）

私が父に婚約について話をしにいった時も、私が他《ほか》の人と結婚したいと言ったら却下《きゃっか》されたのかもしれない。

（エミール君も最初からなぜ言ってくれなかったの……？）

ほんの少しでも私のことを見てくれるって期待をしてしまったから、今のこの状況《じょうきょう》が酷《ひど》く苦しい。他人に期待したら結局傷つくことになるのだ。

──期待しなければ良かった。

包帯で巻かれた右手をギュッと握《にぎ》りしめると、次第《しだい》に血がにじみ始めた。

家同士の契約《けいやく》のために私と結婚したいと、最初から言ってくれていたのなら。

こんな思いをせずに済んだのに……。

第六章　私の気持ちは

翌日研究室に着きドアを開けると、私より先に来ていたエミール君と目があう。

エミール君はいつものように笑顔《えがお》で近寄ってきたが、私はそのまま深く頭を下げた。

「今まで大変申し訳ございませんでした。数々の非礼をお許しください」

「え……？　フレデリカさん、なぜ……」

「いいえ。フィッツジェラルド公爵《こうしやく》閣下は尊きお立場でしたのに、立場をわきまえるべきでした」

私は頭を上げると彼と目をあわせず、そのまま自分のデスクに向かう。

「そんな……待ってください」

彼は後ろから私を追いかけ、周りの研究員達は何事かと遠巻きで黙《だま》って見ている。

「昨日ローレンツ侯爵家から書簡が届いたのですが……。フレデリカさんの気持ちを聞かせてください」

「そのようなお話は、この場ですることではないと僭越《せんえつ》ながら申し上げます」

私が自分のデスクに鞄《かばん》を置き、彼の方を向いてキッパリと告げると、みるみるうちに彼の顔が絶望に染まっていった。その表情に少し胸を痛めるも、私は研究の準備を進めていった。

彼はしばらく私に話しかけるか迷っていたが、やがて諦《あきら》めたのか静かに自分の席に座った。

私はそのまま目の前にある研究に没頭《ぼっとう》していった。

昼食時も彼を避《さ》け続け終業後も研究を続けた。彼も研究を続けているので、研究室にはとうとう私達二人きりになってしまった。

少し溜息《ためいき》をつき帰る準備を進めていると、その様子を見ていた彼に話しかけられた。

「フレデリカさん、お話をさせてくださいっ……！」

「もう帰宅いたしますので、後日にお願いいたします」

私は必要最低限の言葉でエミール君を断ると、そのままドアに向かう。

「僕が怒《おこ》らせてしまいましたか？　言ってくれないとわからないです」

「お話することはございません」

もうこれ以上傷つきたくない。彼と話をすると傷つくのはわかっている。それに彼の言葉を信用することなんて出来ない。最初から私を騙《だま》していたのだから。

私が後ろを振《ふ》り返ることなく研究室のドアに手をかけようとすると、彼にその手の上からドアノブを押さえられた。

「離《はな》してください」

「ごめんなさい。でも嫌《いや》です。フレデリカさんの今の気持ちを教えてください」

「私の気持ちはどうでもいいでしょう」

「どうでもよくありません」

私は心臓をギュッと掴《つか》まれたような辛《つら》い気持ちになり目を伏《ふ》せた。抑《おさ》えていた感情が溢《あふ》れ出そうになる。

「……っ私の気持ちは、関係ない……もの」

「フレデリカさんの気持ちが一番に決まっているじゃないですか」

彼の必死な声が届き、鼻の奥がツンとし始め喉《のど》の奥が詰まる。

「私の、気持ちはっ……！」

私が辛く悲しい思いをしていると言ったところで何も変わらない。そもそも結婚に気持ちは必要ないのだから。

ドアノブにかけた右手に力を込めると傷口がズキズキと痛み、その痛みで涙《なみだ》を堪《こら》えることが出来た。軽く息を吐《は》きだし自分を落ちつける。

「……それよりいつから？　お父さまと繋がっていたのは」

私は彼の方に振り向き尋《たず》ねると、彼は一瞬狼狽《いっしゅんうろた》えた。その様子を見て父と最初から繋がっていたと確信し、突《つ》き刺《さ》されるような痛みを感じた。

（だから話をしたくなかったのに……）

エミール君は顔を曇《くも》らせ一瞬下を向くと、すぐに顔を上げて私を真っすぐ見つめた。

「それは説明させてくださいっ！」

（今は何も聞きたくない……。これ以上もう止《や》めて）

「エミール君は……お父さまとは違《ちが》うと思っていたのに……」

私は涙を堪えるが、喉の奥が締《し》まって痛く感じる。私は彼を振り払《はら》いドアノブに力を込めた。

「フレデリカさんっ！」

「ついてこないでっ……！」

私は思わず涙がこぼれたのを感じながら走り出し、後ろを振り返らず馬車に飛び乗った。

エミール君は翌日以降も「話を聞いてください」と私に訴《うった》えてきたが、ことごとく彼を無視して研究を続けた。

「フレデリカさん」

エミール君に研究室から廊下に出たところで呼び止められ、思わず引き返し研究室へ戻《もど》ろうとした。

「待ってください。こちらの書類を確認《かくにん》してほしくて」

「書類……？」

「ええ。以前フレデリカさんが提出していた素材の要望なのですが……」

研究に関わる話ならと仕方なく彼から書類の束を受け取り、目を通しつつ自分のデスクに戻りながら話を聞く。

「わかりました。修正して……」

「このまま話をしてくれないつもりですか？」

彼の悲痛そうな声色《こわいろ》に顔を上げると、酷《ひど》く辛そうな顔をした彼が目に映った。

「……研究に関係ないでしょう？」

「もうとっくに終業時間は過ぎていますよ」

研究室内を見渡《みわた》すといつのまにか皆《みな》は帰っていて、彼と二人きりになっていた。

ここのところ現実から逃《に》げるようにずっと研究に没頭していたから、終業時間に気がつかなかった。

「ローレンツ侯爵《こうしゃく》に最初から話は通してありました。それは謝ります」

「……っ！」

私は書類の束を胸にギュッと抱《だ》くと俯《うつむ》き、実験室へ逃げようとした。

「フレデリカさんが嫌なら、今から婚約《こんやく》は白紙に戻します」

その言葉に驚《おどろ》き足を止め、彼へと振り返った。

「何を言っているのっ……？　どんな契約をお父さまと交《か》わしたか知らないけれど、簡単なものではないはずでしょう？」

折角手に入れた利益を捨てるなんて、一体どういうつもりだろう。

(全《すべ》ては利益のためでしょう？　そんなことを言って私の興味を惹《ひ》くため？)

「大丈夫《だいじょうぶ》です。明日《あした》にでも侯爵に言って解消してもらいます。勿論《もちろん》、僕に非があることにしますから、フレデリカさんには傷がつかないようにします」

彼は無理に笑顔を作ると私の前から立ち去ろうとした。

「待って……！」

まさか本当に白紙に戻すつもりかと思わず彼を呼び止めてしまったが、振り向いた彼から顔を逸《そ》らした。

「最初からなぜ言ってくれなかったの……？」

彼の顔を見るのが怖《こわ》い。些細《ささい》な反応で傷つきたくなかったから。

「それは……」

「いつからお父さまと事業を進めていたの？　この国に貿易路を延ばすためには、立地的にローレンツ領は避けて通れない。それを言ってくれたら全て納得《なっとく》したのに」

私は出来るだけ冷静になろうと思いつつも、感情が声に乗ってしまう。

「言わなかったことは謝ります。でも、それを言ったら貴女《あなた》は僕を見てくれなかったでしょう？　僕はフレデリカさんの気持ちがほしかったんです」

「信じられない……」

私が彼を睨《にら》みつけると、彼の瞳《ひとみ》が揺《ゆ》れ私に一歩近寄った。

「フレデリカさんっ……」

この期《ご》に及《およ》んで私の気持ちがほしいと言い出すなんて、段々と怒《いか》りが湧《わ》いてきてしまう。

「最初から事業のためでしょう？」

「聞いてください、僕は」

彼は私に数歩近寄るが、私は拒絶《きょぜつ》するように一歩引き、彼が最後まで言い終わるのを待たずに自分の考えが口から溢れ出てしまった。

「ローレンツ侯爵家と手を組みたくて、そこに丁度私がいたから婚姻《こんいん》関係をもって縛《しば》る方が都合は良くてっ……。だってそちらで成功したノウハウを勝手に持ち逃げされたら困る。私を人質《ひとじち》にしないと釣《つ》りあわないっ！」

感情を抑えきれずに、次第《しだい》に声が大きくなっていってしまう。

「そんなこと、あるわけがないじゃないですか……」

エミール君は沈痛《ちんつう》な面《おも》持ちで訴えてくるが、私には自分の考えの方が正しく思える。

「そう考えた方が納得出来るもの！」

「違いますよっ!!」

彼は大きく頭《かぶり》を振り、声を一際《ひときわ》大きくして否定した。

「婚約破棄《はき》させたのも？　私と婚姻関係を結べないと困るから？　私が王妃《おうひ》になると都合が悪かった？」

私の中にどんどんと悪い考えが浮《う》かび、彼にぶつけてしまう。

「違いますっ！　婚約破棄は……あんな男のもとにフレデリカさんを行かせたくないじゃないですか！」

彼は勢いよく手を振《ふ》り下ろして否定するが、私は信じられず言葉を重ねてしまう。

「私に好きだと、結婚したいと言っていたのは、私を丸め込もうとでもしていたの？」

ショックを受け大きく目を見開いた彼は、わずかに首を振りかすれた声を出した。

「……理由は全て、僕がフレデリカさんを大好きだからですよ」

その言葉に胸が痛んだ。前は彼の言葉を嬉《うれ》しく思って言ってほしいと望んでいたから。

だが今は、彼が言っていることが本当なのかも信じることが出来ない。

最初から私のことを見てくれてなかったとしたら。

「私のことを好き？　嘘《うそ》っ！　私のことなんて誰《だれ》も好きになるわけないっ！　それが一番信じられないっ!!」

溢れ出た感情が爆発《ばくはつ》してしまう。

自分で発した言葉に、自分自身がナイフで酷くえぐられたような痛みを感じた。

悲しみたくない。怒《おこ》りたくもない。だって、傷ついたことを認めてしまうことになるから。認めてしまうと、こんな風に自分の言葉にさえ傷つくから。

自分の感情を見て見ぬふりをして、ずっと今まで目を逸らし続けてこられたのに。

私のことを見てほしいなんて期待をしなかったのに。

全て諦《あきら》めていたかったのに――。

「どうして、信じてくれないんですか……？」

「信じられるわけがない。だって、私は……私は……」

(――お父さまからも、好かれたことがない)

続く言葉は口から出せず喉奥《のどおく》にしまうと、酷く喉に詰《つ》まった。

彼が今にも泣きだしそうな顔をしながら、彼がつけている心拍計《しんぱくけい》を見せてきた。

「僕の言葉は信じられなくても、心拍計のことは信じられるでしょう？」

彼にそう言われ、水を頭からかけられたかのように感じた。

「今までずっと見てきたでしょう？　僕がどんな時にフレデリカさんを好きだと感じて、その度《たび》に心拍計が反応していたかを」

「見て……きた……。でも」

「だったら、信じてください！」

知っている。私の心拍計も反応したから。あの時私が感じた気持ちは本物だった。胸が高鳴ったのも、切なく感じたのも、嬉しく感じたのも。

でも、あの気持ちは『好き』ということでいいのかまだよくわからない。

好かれた経験がないから、好かれるというのが何かわからない。

私自身も人を好きになったことがないから、好きになるという気持ちもわからない。

だから、彼が言う『好き』が未《いま》だしっかりと摑《つか》めないでいる。

「フレデリカさんは……、僕との結婚は家のために我慢《がまん》して受け入れてくれたんですか？」

彼の顔が悲しみに歪《ゆが》み、その表情に自分が彼を傷つけてしまったと思い知る。

「違《ちが》っ……！」

「違うなら……お願いです。僕自身を見てくれませんか？」

「見る……」

「はい、ちゃんと見てほしいです。家や貴族的なことを抜《ぬ》きにして」

私はあれほど、自分のことを家や貴族的なことを抜きにして見てほしいと思っていたにもかかわらず、私自身が彼にそうしてしまっていた……。

その事実に愕然《がくぜん》とした。私は自分が傷つくことだけを恐《おそ》れて、そのことで彼を傷つけることになるなんて思ってもみなかった。それに彼の姿が憔悴《しょうすい》していることに今更《いまさら》ながら気がついた。

でも、一度自分の中にこびりついた疑惑《ぎわく》は強固で――。だってどう考えても辻褄《つじつま》があわない。あの計画は時間がかかるし、協力関係が重要だ。

相手の裏切りを防ぐために私と婚姻関係を結びたいと思ったと考えれば、全て納得《なっとく》出来てしまうのだ。

私はまだ傷つくのが怖い。だけれど、それで彼を傷つけていいはずがない。

「うん……見たい。そして知りたい」

「フレデリカさん？」

全てを知って傷ついたとしても、彼を傷つけるよりはずっといい。

私はエミール君に向きあいハッキリと告げた。

「君のことを全て教えて」


私は次の休みに、エミール君が留学の間滞在《たいざい》しているホテルの最上階の部屋に来ていた。

今日のエミール君は自室にいるせいかラフな格好で、首元を少し開けた濃《こ》いオリーブ色のシャツとベージュのボトムスで、シャツの袖口《そでぐち》を少しロールアップしている。

私は白いロング丈《たけ》のワンピースに、ベルト代わりにネイビーの細いリボンという服装だ。

彼が使っているホテルは国内でも一番の最高級ホテルで、重厚《じゅうこう》感がある造りをしている。

よく各国の要人が泊《と》まっている歴史ある建物だったはずだ。彼に案内される途中《とちゅう》で見た窓からは、城下町の中心が見え少し遠くにある王宮まで一望出来た。

ホテルに住んでいると以前少し聞いたが、今まで興味を持って彼自身のことを質問したことがなかった。彼の身分や家族構成……はおろか、彼が何を好きかも知らない。彼は私のことを知ろうと努力してくれていたのに。

話を聞くために彼の部屋まで来ていたが、内心聞くのがまだ怖《こわ》くて心の準備が整わない。

彼のことを知りたいというのもあったが、本題にまだ入らないように口が勝手に関係ないことを話そうと動いてしまう。

「えっと……エミール君は、タウンハウスを借りようとは思わなかったの？」

「そもそも短期間の予定ですし、タウンハウスを借りるよりもホテルの方が便利なんですよね。警備や料理人を雇《やと》わなくて済みますし」

「なるほど。自国から連れてきた従者は一人だけ？」

先ほど部屋に出迎《でむか》えてくれた時に会った彼の従者の姿を思い出す。従者は私達の話しあいのため部屋のドアの外で待機している。

「ええ。男ですから身軽ですしね、そんなに必要とすることがないんですよ」

「そう……」

他《ほか》に何か話はないかと部屋を見渡《みわた》すと、デスクの上に置かれている大量の書類が目に入った。あまりの多さに驚《おどろ》いてしまう。

「この大量の書類は？」

彼は少し照れくさそうにしながら、机の上にある書類を軽く片づけた。

「片づけられてなくてすみません。自国での仕事が多くて」

「自国での仕事？　そうね……公爵《こうしゃく》だから、あって当たり前ね」

こんな仕事量を抱《かか》えたまま研究室に来ていたのかと、体を心配してしまう。彼は私の心配した表情を読み取ったのか、やつれた顔で慌《あわ》てて何でもないように振《ふ》る舞《ま》った。

「僕は公爵位を叙爵《じょしゃく》してから日が浅いので色々と仕事が多くて。あ、でもここに来るまでに、他の人に出来るだけ投げてから来たんですよ？」

「それでも、この量は多いでしょう？」

「ほとんど、報告を確認《かくにん》するだけのものですよ。他国に来ているから、連絡《れんらく》に時間がかかって」

確かに離《はな》れているとそれだけで時間がかかる。すぐに連絡が取れれば色々と便利になると思うのだけれど……。

「後は……ローレンツ侯爵《こうしゃく》との事業関係ですね」

「……そう……ね」

本題に入り、少しピリッとした空気が張り詰《つ》め緊張《きんちょう》してしまう。とうとう来てしまったが、逃《に》げるわけにはいかない。

「話を聞いてくれますか？」

私が頷《うなず》くと、彼からソファに座るように促《うなが》され彼も対面に着席した。

用意された紅茶を一口飲むが味がしない。ただ喉元《のどもと》に何かが通ったとしか感じない。

「これからする話は、フレデリカさんに引かれそうで怖いんですが……。僕の話を聞いてやっぱり許せないと思うかもしれません」

「それは、話を聞いてから……」

彼は頷くと、表情と声を少し強張《こわば》らせて話し始めた。

「ええ。まず事業計画については数年以上前から動き始めていました」

「……っ！」

（そんな前から……？　この国に来た時には既《すで》に……）

私は、やはり最初から計画していたのかと知り心が暗く沈《しず》んだ。

「最初、僕はフレデリカさんを諦めるために、何とか一目会いたいと思っていました。そこで、もしローレンツ侯爵家を軸《じく》にラザフェスト王国全体に拡大するかもしれない事業を展開すれば、フレデリカさんが王妃《おうひ》として視察に来る可能性があるかもしれないと思いついたことが始まりでした」

「可能性は……確かに高いかもしれないけれど」

（まさか、そんなことのために？）

「そして僕が目指している、魔法《まほう》が使えない人が軽視されない世界のためにも使えると気づきました。僕はまず、魔道具がないと成り立たない世界にしようと考えたんです」

「魔道具がないと成り立たない世界？」

エミール君は全て俯瞰《ふかん》するかのように、冷ややかに目を光らせた。

「まず物流を握《にぎ》り、今よりもっと魔道具の普及《ふきゅう》を加速させます。人々が便利さに慣れ切った頃《ころ》に魔道具が魔法を超《こ》えても、簡単に排除《はいじょ》出来ないだろうと考えたんです」

魔道具の物理的限界を超え、魔法を超えることが可能になった後の問題は、貴族からの反発だ。貴族は自分達の既得権益《きとくけんえき》を守るために排除しようと動くだろう。

「なるほど。それで物流……」

「ローレンツ侯爵は造船業や貿易も行っていますよね？　ヴィルヘートには海がありません。だから、他国へ物流を繫《つな》げる第一歩としてはうってつけだったんです。ローレンツ領でも成功すれば、ゆくゆくはローレンツ領で取引のある他領や他国も僕のシステムを使いたがるでしょう？」

「成功した実績のある儲《もう》け話が目の前に転がっていれば、提携《ていけい》したいと思うものね」

「それから、僕の輸送システムの根幹は倉庫で魔道具が使われていることです。それにより格納効率を上げることに成功しました」

「限られた土地で多く収納することは誰《だれ》しもが望んでいることよね」

私は感心し腕《うで》を組み顎《あご》に手を当てた。倉庫の収納を増やした後で、魔道具を排除しようとしても一度増やした収納物を減らすのは損害が発生するし、維持《いじ》しようとすれば自分達が、魔道具の代わりに働かなくてはいけなくなる。

今は自領の土木工事の時に貴族が出向いて、作業に邪魔《じゃま》な岩を粉砕《ふんさい》したり、大きな物を持ち上げたりすることはあるが毎日ではない。

倉庫の作業となれば毎日になるだろうし、継続《けいぞく》的に魔法を使うなんて貴族は耐《た》えられない。それこそ魔道具の代替品《だいたい》だ。

「上手《うま》く考えたね……。それに、この魔道具だけを売り始めても良かったけれど、物流と絡《から》めて提携することでしっぽを握り続けておける。いざ魔道具の排除が始まった時に、連《れん》携《けい》して『困る』と声を上げやすい」

「そうです。僕は提携してくれたら、僕とのビジネス以外でもこの魔道具を安価で使えるようにしました。それにこのような魔道具を他にも開発して徐々《じょじょ》に普及させ浸透《しんとう》させていけば、魔道具がないと成り立たない世界の実現が可能になると思ったんです」

「確かに、現実味を帯びてくる……」

私も魔法を使えない人が軽視されない世界、魔道具が魔法の代替品だと馬鹿《ばか》にされない世界を見てみたい。

「でも、フレデリカさんの言う通り、このためにローレンツ侯爵と繋がりたかったのは事実なので言い訳が出来ないのですが……」

彼はまるで罪を犯《おか》したかのような表情を浮《う》かべ、溜息《ためいき》をつくように悲しげに笑った。

「自分の利益のためと言われても仕方ありません。でも、そのために結婚《けっこん》したかったというわけでは決してないです。それに僕はフレデリカさんに結婚を受け入れてもらえなかったら、このビジネスを進めても二度と会うつもりはありませんでした」

「二度と……？」

私がわずかに目を見開くと、彼は困ったように少し笑う。

「元々フレデリカさんに会って、幸せになっている姿を見たら諦《あきら》めるつもりでしたからね。それでも諦められなかったのは前に言った通りですが、フレデリカさんに断られたら今度こそ身を引きます」

エミール君は緊張した様子でぎゅっと固く両手を握りしめ、全ての沙汰《さた》を受け入れるというような眼差《まなざ》しで私を見つめた。

「ちょっと待って。元々私に会うために計画したという話だったのよね？　今みたいに留学すれば計画する必要がなかったでしょう？」

「ああ。その時は留学出来る可能性が低かったんです」

「低かった……？」

「ええ。僕は一応、当時王子でしたからね。当然派閥《はばつ》などの問題を多く抱《かか》えて留学する暇《ひま》なんてありませんでした。丁度運よく母方のフィッツジェラルド領のポストが空き、僕が兄である第二王子の派閥を支持する方向性で兄の協力を得て公爵位を叙爵しました。兄達にとっても都合が良かったんです」

兄弟関係は良好ではなかったのだろうか？　それよりも、なぜそんなに急いで公爵位を叙爵したのだろう？

「なぜ公爵に？　留学出来なくとも、事業は王子のままでも進められたはず」

「それは……婚約者をあてがわれそうになったんです。僕がずっと逃げていたので」

「婚約者を……。そう……。王子なら決めなければいけない……ね」

王族の結婚は必須事項《ひっすじこう》だ。避《さ》けて通ることは出来ない。

「僕はフレデリカさん以外の女性と結婚するのはどうしても嫌《いや》でした。公爵になってもその問題はつきまといますが、それでも期間は延ばせます。立場が変わると選び直しになりますからね。それに、当主になったことで直接的な上がいなくなりました。僕の意見を無視して勝手に結婚させられることはなくなったんです」

「なるほど……」

貴族ならば成人前に婚約者が決まっていることがほとんどだ。それなのに、私は今まで彼に婚約者がいないことを不思議に思っていなかった。

私は興味すら抱《いだ》こうとしていなかった……。本当に自分のことしか見えていなかったと痛感する。

「事業を進める中で留学出来る機会が訪《おとず》れたのが、フレデリカさんが結婚する直前でした。僕はずっとフレデリカさんに会いたかったので、この機会を逃《のが》すわけにはいかなかったんです」

「そう……なの。お父さまに事業の話を持ち掛《か》けたのはいつなの？」

会いたかったと言われて嬉《うれ》しくなるのを感じたが、父と繋がった時期はいつかを聞きたい。まだエミール君と父の関係が見えてこないのだ。

「フレデリカさんにプロポーズする前に、ローレンツ侯爵《こうしゃく》に夜会でお会いしました。アーネスト殿下《でんか》との婚約破棄《はき》の直後でしょうか」

（私が婚約破棄の件を知らなかった間ね……）

「その場で侯爵を少し連れ出し、フレデリカさんとの結婚を申し込んだのですが、最初は断られました」

「断った？」

父はすぐにこの結婚を受け入れたと思っていた。エミール君がヴィルヘートの現国王の子だと知れば無下には出来ないし、彼と婚姻《こんいん》関係を持って繋がることが出来れば色々と便利だ。

「最初は取りつく島もなく。何度も侯爵が行く先々まで追いかけて、その度《たび》に断られました」

「なぜ……父は……」

「それでも、なんとか話を聞いてもらえるぐらいにはなりました。ご存じの通り貴族の結婚は利害が絡みます。ローレンツ侯爵に今までの事業の実績を提示して、以前から進めていたこの計画をプレゼンしました。それでも断られて」

「あの事業案を聞いても？」

にわかには信じがたい。父なら利益を優先するはずだと思うのに。

今持っている倉庫の格納効率が上がるし、貿易路拡大も中小の生産業者からの代行料が手に入る。既《すで》にエミール君のところで成功しているのなら悪い話ではない。

「ええ。それでも何度も研究室を終えてから通い詰《つ》めました。諦めたくなかったですからね」

そこまでして求めてくれることに、じんわりと嬉しいと感じてしまった。チラッと自分の心拍計《しんぱくけい》を見たが、まだ光ってないようで安心する。

「それでやっとのことで、フレデリカさんにプロポーズをする権利を得ました」

「権利……」

「ええ。貴族の結婚は一筋縄《ひとすじなわ》ではいかないでしょう？　事前にローレンツ侯爵に許可を取っていなければ、フレデリカさんにプロポーズすることすら出来ません」

「でも許可をもらったのならば、そのまま私と婚約してしまえば良かったのに」

「フレデリカさんは僕が新しい婚約者ですと言われて、侯爵が決めた人と思う以上に僕を見てくれましたか？」

もしエミール君を新しい婚約者だと紹介《しょうかい》されたら、私は仕事だと捉《とら》えていただろう。殿下と婚約していた時も、一度も殿下のことを知ろうとしたことはなかった。

家の駒《こま》として私のことを見られるのが嫌だと思いながら、私は他人《ひと》のことも代替可能な駒としか捉えられていなかった。彼のことも先入観で駒として見ていただろう。

それどころか、婚約した瞬間《しゅんかん》に敬語に戻《もど》り、貴族として決まりきった態度しか取れなかっただろう。

「……そうね。そうなっていたら、私はエミール君自身を見ることはなかったと思う」

「これでわかっていただけましたか？」

彼は少し苦笑《くしょう》すると、目の前の冷めた紅茶を手に取った。

「わかった……、一応納得《なっとく》はしたよ」

私のことが好きだから、したこと。

確証はないが、本当にエミール君は私のことが好きなのだ。

もし私のことを事業のためにほしいと思っていたなら、さっさと婚約を進めてしまっていただろう。自分のことを見てほしいなどとは思わない。

今までエミール君からの好意をちゃんと受け取れずにいた。なぜなら、私のことを誰《だれ》も好きになるはずがないと思い込んでいたからだ。

私には身分以外で役に立てることはないと思っていたから。でも――。

「エミール君は前に『貴女《あなた》なら小さい頃《ころ》に言っていた魔法《まほう》を超《こ》える魔道具を作れるのに』って言ってくれたでしょう？」

彼はいきなりの質問に虚《きょ》をつかれたように驚《おどろ》き、目を瞬《まばた》かせた。

「え？　はい。フレデリカさんなら近いうちに実現させるでしょう？」

彼に言い切られて戸惑《とまど》ってしまうが、そこまで期待してくれて嬉しい。

魔道具でなら私も彼の役に立てる。魔道具を好きな私を好きになったという彼の言葉を今なら信じられる。

――やっと一歩が踏《ふ》み出せる。

「……だったら私にも、君が目指す世界を作る手伝いをさせて」

「え……？　えっと、僕の研究所で働いてくれるということですか？」

「そう。私も働きたい。一緒《いっしょ》に世界を変えたいの」

「それはつまり、僕と結婚してくれるということですか？」

「ええ」

彼はちょっと考えると、すぐに頭《かぶり》を振《ふ》って私を制止するように手を出した。

「ちょっと待ってください。僕はフレデリカさんに好きになってもらってから、結婚したいんです。こんな就職みたいな形じゃなくて……」

「……ちゃんと結婚したいのっ」

エミール君は嬉しい表情を一瞬浮《う》かべたが、すぐに悲しそうに眉《まゆ》をひそめた。

「僕はフレデリカさんの気持ちを無視してまで結婚したいとは思いません。紅茶も冷めてしまいましたし、淹《い》れ直しを従者にお願いしてきます」

エミール君は立ち上がり、従者が待機しているドアの向こうへ向かおうとした。彼に信じてもらえずショックを受けたが、私も急いで彼の後をついていく。

「待って」

彼の背中に向かって手を伸ばし声をかけると、彼は立ち止まり少し肩《かた》を落としてからゆっくりとこちらへ振り向いた。

「フレデリカさんは僕と結婚したいわけじゃなくて、研究がしたいんですよね」

「研究をしたいのは事実。でも、それだけじゃないっ！　君と会話するのが楽しいと思っていた。君が留学してきた日から、こんな日々が続けばいいのにって願うくらい」

「え……？　そんな昔からですか？」

彼は戸惑った様子で口を手で押さえている。私はコクンと頷《うなず》き、洗いざらい今までの想《おも》いをぶちまけてしまおうと言葉を重ねた。

「そう。だって私、エミール君と一緒にいるのが楽しい。研究している時も、そうでない時も」

「えぇ……？　だって、さっき『一応納得はした』って返事だったので、妥協《だきょう》して研究するために結婚してくれるのかと」

「あ……ごめんなさい。勝手に過程を省いてしまうのは私の悪い癖《くせ》ね。やっと君が私のことを好きだってことを受け入れられたの。その上で結婚したいと思った」

彼は驚きで息を呑《の》み、それから信じられないようにフルフルと首を横に振った。

「じゃあ、フレデリカさんは本当に……？　結婚したいと思ってくれているんですか？」

「ええ。だって、喜んでくれている君の顔を見るのが嬉しかった。私もそんな顔を見続けていたいと思ったの」

「そんな……」

「それに、君が私を昔から見ていてくれたことも。ローレンツ侯爵令嬢《れいじょう》としての私ではなく、私自身を見てくれてそれがたまらなく嬉しかった」

彼の洟《はな》をすする音がほんのわずか聞こえ、泣くのをグッと堪《こら》えるような顔をしていた。

「それから、君から好きだと言われることがだんだん嬉しくなって、その言葉を言われることを望んでいたことにも気づいたの」

「フレデリカ……さん……」

「そして何より、私はエミール君とずっと一緒にいたい。もう君がいない生活は考えられ彼は微《かす》かに震《ふる》えながら、眉をひそめるとギュッと目を閉じた。

「私はエミール君と結婚したい」

再び開いた彼の目の端《はし》から涙《なみだ》がこぼれ、感極《かんきわ》まった彼に私は思い切り抱《だ》きしめられた。

「えっ？」

一瞬何が起こったか理解出来ず、遅《おく》れて彼の体温や匂《にお》いを感じてやっと認識《にんしき》した。彼の髪《かみ》の毛が私の顔にかかって少しくすぐったい。

私が混乱して動けないままでいると、次第《しだい》にギュウギュウと痛いほど抱きしめられ、彼の体が微かに震え始めた。

「本当に……本当に、僕と結婚してくれるんですか？」

「う、うん……、結婚したいと言っているでしょう？」

「好きです……っ！　フレデリカさん大好きです」

彼は少し潤《うる》みを含《ふく》んだ声から、振り絞《しぼ》るようなかすれた声に変わっていった。

「僕は……フレデリカさんにキッパリと断られたら、ちゃんと今度こそは諦《あきら》めようと思っていました。でも……諦めなく……て……良かった」

「私も君に諦めてほしくないと思っていたよ。ありがとう。諦めないでくれて」

彼の泣き声混じりの声を聞きつつ、私は少し身をよじり抱きしめている力を緩《ゆる》めてもらない」

うと、彼の頬《ほほ》に伝う涙を指で拭《ぬぐ》った。彼の泣き顔に胸がキュウと締《し》めつけられ、守ってあげたいような、撫《な》でてあげたいような感覚に襲《おそ》われた。

「あまり……見ないでください。情けないので」

彼は顔を赤くして目を逸《そ》らすが、私は彼の頬に触《さわ》りそのまま後頭部を撫でた。彼の柔《やわ》らかな髪が気持ちいい。

「フレデリカさん？」

「情けなくなんてないよ」

私は小さい頃《ころ》に母から頭を撫でてもらった後、抱きしめてもらったことを思い出し、ぎこちなく彼を抱きしめた。

彼は一瞬止まったかと思うと、それから私の背中にまわした腕《うで》に力を込めた。潰《つぶ》されそうで息が出来ない。

「……っ！　エミール君、ちょっと苦しい……」

「あ！　ご、ごめんなさいっ！　加減出来なくて」

彼が慌《あわ》てて私の体を少し離《はな》すと、私は軽く息をついた。

心配そうにしている彼の顔の近さに改めて驚き、急に凄《すさ》まじい恥《は》ずかしさが私を襲った。耐《た》え切れず口がムニュムニュしてしまい、グッと彼を押して解放してもらう。

「す、座るっ……！」

彼から離れると、元いたソファに急いで戻り座り直す。

目の前の紅茶をグィッと飲むと、冷めていた紅茶は熱くなってしまった体に丁度良かった。

「あ。淹れ直しをお願いしようとしていたんでした」

彼が従者を呼びに行き、淹れ直しをお願いしている間に、私は急いで胸を落ち着かせようとした。勿論《もちろん》、心拍計《しんぱくけい》はピカピカと反応していた。

淹れ直された紅茶をもらい、彼は向かいに座ると絶えず喜びが抑《おさ》えきれず溢《あふ》れ出ているかのようにニコニコしている。

「結婚《けっこん》するんですね。僕達」

彼は周りに花を咲《さ》かせながらポワポワとして浮かれている。

「……………既《すで》に婚約しているもの」

こんなに喜ばれると少し恥ずかしい。

「近いうちにローレンツ侯爵《こうしゃく》と今後の予定を話しあわないとですね」

「お父さまと？　それもそうね……」

「ええ。フレデリカさんの移動をいつにするかとか、後は結婚式とか……」

「結婚式……」

貴族の結婚式は重要な意味あいを持つ。家と家が繋《つな》がることを知らしめるのだ。そこで両家の事業も発表出来ると良い宣伝になる。

「出来れば新しい魔道具《まどうぐ》をその時までに開発したいですね」

「そうだね……そうなると結構時間が迫《せま》っているのか」

これからのスケジュールを考えるとかなり忙《いそが》しい。多分結婚式は一年後くらい。私は新しい魔道具の開発の他《ほか》、エミール君の国の勉強を同時に進めないといけない。彼の国の貴族関係のことや事業のことを踏《ふ》まえて、必要とされる魔道具を開発したい。

「そこら辺は侯爵と話しあいで調整するので、そんなに急がなくても。いや、でも一日でも早く結婚したいですけど」

「早いに越《こ》したことはないでしょう。時間を無駄《むだ》にしたくない」

「そう……ですか。フレデリカさんは寂《さび》しくありませんか？ ずっと育ってきた国から出るのですから」

「寂しい……？」

国から離れるといっても、元々家と研究室の往復しかしていなかったから、思い入れがあるのは家と研究室くらいのものだろう。

家……つまり、父と離れることは別にどうとも思わない。今までもそれほど会ってなかったのだから。ただ、最後まで父は私のことを見てくれなかったなと感傷的な気持ちになった。

「フレデリカさん、やっぱり寂しいですか？」

「寂しくはないけれど、ただ……。いや、何でもない」

「本当ですか？」

彼が私をじっと見つめるので、根負けした私は今までの父との確執《かくしつ》のことを話した。

私が作った魔道具を渡《わた》そうとしたら、作ったことを咎《とが》められ受け取りを拒否《きょひ》されてしまったこと。それで私は嫌《きら》われたことにショックを受け、父に見てもらえるように努力したが結局今まで見てもらえなかったこと。

その結果、私は悲しみと怒《いか》りを感じて当てつけのように研究室へ通い始め、父との距離《きょり》が一層広がってしまったことを告げた。だが今は魔道具を作り始めて、当初の気持ちは薄《うす》れ父から見てもらうことは諦めている、と。私から父の話を聞いた彼は口に手を当てて、何かを思い出すように考え込んだ。

「ローレンツ侯爵にお会いした時は、そんな感じは少しも……。フレデリカさんは、その時の侯爵の考えを直接聞いたわけではないんですよね？」

「そうだけれど……」

「もう一度、その時のことを改めて聞いてみてはいかがですか？」

「そんな今更《いまさら》。昔のことを聞くなんて」

私は首を軽く横に振《ふ》り、軽く溜息《ためいき》をついた。父のことはもう諦めたのだ。今更求めたりはしない。

「うーん。でもフレデリカさんはスッキリしていないですよね？」

「スッキリしたとか、しないとかの話じゃないでしょう？」

「じゃあ、侯爵を引っ叩《ぱた》きましょう」

彼はさも良いことを思いついたという風に、明るくとんでもないことを言い出した。

「え？」

彼はソファにあったクッションを手に取り、彼の顔の前に持ってくると、パシンと手の平で引っ叩いた。その反動でクッションが揺《ゆ》れる。

「ほら、こんな風に」

「……え？　叩《たた》く？」

「はい。スッキリするでしょう？」

スッキリするから叩く。そんな発想は私にはなくて唖然《あぜん》としてしまう。

「侯爵と話をしてフレデリカさんが『やっぱムカつく』ってなったら、今までの文句をぶつけて最後は引っ叩いてやりましょう」

「え、でも……」

「その後怒《おこ》られたらと思うと怖《こわ》いですか？」

「え？　ええ」

彼は至極《しごく》明るく何でもないことのように話すが、私は戸惑《とまど》ってしまう。

「僕がその場でそのままフレデリカさんを自国にさらって帰ります。そしたら侯爵には、二度とフレデリカさんに会わせません。一発叩いてやり逃《に》げ作戦ですっ！」

「やり逃げ作戦……」

私は引っ叩いて呆然《ぼうぜん》とする父の姿を想像してしまい困惑《こんわく》した。

「まぁ叩くのは冗談《じょうだん》ですけど、それくらい何でもして大丈夫《だいじょうぶ》ってことですよ。これから離れるんですし、今までのことをぶちまけましょう」

「……そうね。確かに離れるなら最後くらい、何でも言ってみてもいいか……」

私が彼の言い分に納得《なっとく》し頷《うなず》くと、彼はにっこりと笑った。

「僕が絶対に守りますから、フレデリカさんは好きにやっちゃってください」

その言葉で父と決着をつけることを決意した。

第七章　似た者同士

私が父と決着をつけると決意すると、エミール君がこれからの結婚までの予定の話しあいという名目で、父と話す機会を作ってくれた。

侯爵邸《てい》の応接室にて父とエミール君がソファに向かいあって座り事務的な会話が交《か》わされる。私はエミール君の横に座って二人の会話を黙《だま》って聞いていることしか出来ずにいた。

研究室を辞《や》めエミール君と一緒《いっしょ》に私がいつヴィルヘート国に移動するか、結婚式はおおよそ一年後などの予定が決まっていった。

私はあんなに言いたいことを言ってやると意気込んでいた癖《くせ》に、父を目の前にすると借りてきた猫《ねこ》のようになってしまっていた。

(自分が情けない……)

予定が着々と決定されていき、そろそろ用件が終わってしまう……。

横目でエミール君をチラッと見ると笑顔《えがお》で頷かれた。彼は一呼吸置いてから、父に向かって真面目《まじめ》な顔で告げた。

「ローレンツ侯爵、僕は約束を守りましたよ」

（約束……？）

　父は少し眉根《まゆね》を寄せると、眉間《みけん》を指で押さえ私を見据《みす》えた。

「……フレデリカは、ちゃんと公爵殿《どの》と結婚をしたいと思ったのだな？」

「は、はい」

　急に父から問われたので驚《おどろ》きつつも咄嗟《とっさ》に返答をする。

「そうか。ならば問題はない」

「…………」

　部屋に沈黙《ちんもく》が訪《おとず》れ重い空気に包まれるが、静寂《せいじゃく》を破ったのはエミール君だった。

「フレデリカさん、僕がローレンツ侯爵に結婚を申し込む許可を取りに行った時に条件を出されたんですよ」

「条件……？」

　私が父の方を見ると、スッと目を逸《そ》らされた。

「ええ。『フレデリカの気持ちを、手に入れることが出来たのなら結婚を許す。しかし、気持ちを手に入れられなければ全《すべ》て諦《あきら》めてほしい。それを約束してくれ』と」

「お父さまが？」

　あの父がそんなことを条件にするとは、にわかには信じられない。

「だから、本当はフレデリカさんのことを人一倍思っているんですよ」

エミール君から「大丈夫ですよ」と安心させるように頷かれ、それを見て頷き返し覚悟《かくご》を決めて父に尋《たず》ねた。

「どうして、そのような条件を出されたのですか？」

父は軽く溜息をつくと、私に向き直り重い口を開き始めた。

「私は殿下《でんか》との婚約破棄《こんやくはき》以降、フレデリカを誰《だれ》とも結婚させるつもりはなかった」

「え……？」

「フレデリカも研究を続けることを望んでいただろう？」

「……はい、そうですが」

私は戸惑いながらも返事をするが、父は表情を変えず相変わらず感情が読めない。

「だが、公爵殿がフレデリカと結婚させてほしいと何度も訪ねてきて……。その諦めない様子に根負けし、フレデリカの気持ちを手に入れられなければ全て諦め、フレデリカに何も告げずにその後会わないこと、という条件を出した」

思わず隣《となり》にいたエミール君を見ると、彼は頷き困ったように微笑《ほほえ》んだ。

(私に断られたら会わないと言っていたのは、父との約束もあったのね……)

「しかし、事業提携《ていけい》の話は進めていたのですよね？」

「ああ。公爵殿が王家からフレデリカを守るために、自分を利用してくれと仰《おっしゃ》っていてな。フレデリカと結婚出来なくても事業の話は進めていいと……。一応どう転んでもいいように事業計画の下準備だけは進めておいて、本格的に動いたのはフレデリカがアーネスト殿下に街で会った翌日の午前。公爵《こうしやく》殿と話しあって決めた」

（エミール君が午前中来なかった日……のこと？　あの日そんなことが？）

驚いてエミール君を見ると、彼は再度頷き肯定《こうてい》した。

「私の方でも、リュカ殿下とフレデリカの婚約の話が出る前に根回しをしていたが、些《いささ》か時間が足りなかったため頼《たよ》ることになってしまった」

「根回しを……？」

（えっ……、お父さまが？）

「ああ。婚約破棄後すぐに動いたのだが、全てはカバーしきれなかった」

父は私へ婚約破棄の件を伝える前に動いてくれていた。それで、エミール君からの話を受けて私に伝えたのがプロポーズの前日。

「エミ……いえ、公爵様との婚約はいつ決定されたのですか？」

「フレデリカからの申し出があった後すぐに。陛下との謁見《えつけん》までに間にあわなかったら、婚約の話が進んでいるという形で時間を延ばして、根回しを完了《かんりよう》させるつもりだった」

「そう……ですか」

彼と既《すで》に婚約していると思い込んでいたが、ちゃんと私の申し出があった後に進めてくれていた。

父は私をすぐに誰かと結婚させるつもりだと思っていた。それが、誰とも婚約させるつもりがなかったとは……。

（お父さまは、ちゃんと私のことを見てくれていた……）

私が研究を続けたいと知ってくれていたことも、他《ほか》の人と婚約させるつもりもなかったことも、ちゃんと見ていてくれたからだ。そのことを感じられて嬉《うれ》しくなってしまう。

「公爵殿には私の力が足りないばかりに、フレデリカの前で事業のことや公爵殿の身分を明かさせてしまうことになり大変申し訳なかった。公爵殿は、フレデリカに家の利害を感じさせずに結婚を受け入れてもらいたいとのことだったのに。本来は私と陛下だけの話しあいの予定だった。急遽《きゅうきょ》フレデリカも謁見させる要請《ようせい》が来て予定が崩《くず》れてしまった」

父はエミール君に向き直ると頭を下げた。

「頭をお上げくださいっ！　僕はフレデリカさんを守るためなら、何をされても文句は言いません」

父はそう言われてもしばらく頭を下げていたが、やがて上げた。

二人が私を守るために裏で動いていたことを知って、どうしようもなく胸の奥に温かいものが広がっていくのを感じる。

（いつから……？　お父さまは私のことを見てくれていたの？）

私のことを政略の道具としか見ていないと思っていたが、それも勘違《かんちが》いだったのだろうか。

「お父さま……私とアーネスト殿下を婚約させたのはどうしてですか？」

「ああ。あの頃《ころ》は、殿下との婚約をフレデリカが望んでいると思っていた。間違っていたと気づいたのは後になってだが……」

「望んでいる……？」

「ああ。フレデリカは殿下との婚約前に嬉しそうに、殿下とのことを語ってくれただろう？」

「え……？　あ、あれはっ……、お、お父さまとお話し出来たことが嬉しくて……」

父はわずかに目を見開いたが、すぐに目を伏《ふ》せた。

私が勘違いさせてしまっていた。あの時、殿下との婚約話が持ち上がって父が家に帰ってくることが多くなり、私と会話してくれたから舞《ま》い上がっていただけなのに。

「そうか……。だが、婚約後フレデリカが殿下からされた酷《ひど》い仕打ちを笑顔で話していたことで、間違っていたと気づいたが既に遅《おそ》かった。一度結ばれた婚約は解消出来なかった。エレナから子どもを幸せにしてあげてと言われ約束をしたのに、私はそれすらも果たせなかった……」

「お母さまに……？　お父さまは、お母さまのことが嫌《きら》いではなかったのですか？」

私が思わず口から漏《も》らしてしまうと、父は驚き私を見たが首を静かに横に振《ふ》り溜息《ためいき》をついた。

「何を馬鹿《ばか》なことを。私は、エレナのことを今でも愛している」

（お母さまを愛している……？）

魔道具《まどうぐ》を作ったことを咎《とが》められ、母を思い出したくないと受け取りを拒否《きょひ》した行動は？　母のことを愛しているのなら、なぜ思い出したくないと私に言ったのだろう？

「え……。で、では、私がお父さまに魔道具を渡《わた》そうとしたことは、覚えていらっしゃいますか？　私は何か思い違いをしていたかもしれません」

「思い違いを？　……あの時のことか。ああ。らしくもなく感情的になってしまったので覚えている。ずっと謝りたいと思っていた。本当に申し訳がない」

父は私に頭を下げるが、そんなに簡単に許せない気持ちがある。

「止《や》めてください。なぜ……です？　なぜ、受け取ってくださらなかったのですか」

あの時のことを思い出して、苦しい気持ちに襲《おそ》われてしまう。

私が今まで聞けなかった疑問を父にぶつけると、父は顔を上げて眉《まゆ》をひそめると苦悶《くもん》の表情を浮《う》かべた。

「言い訳になってしまうが……、私はエレナを思い出すのが苦痛だったのだ」

「苦痛……？」

「ああ。エレナを亡《な》くしてから、私は今なお……彼女の死を受け入れることが出来ていない」

「今も……ですか？」

父は軽く頷《うなず》くとますます眉間《みけん》の皺《しわ》を深くした。

「ああ、そうだ。エレナを思い出すと側《そば》にいない現実を突《つ》きつけられる。十年以上経《た》ってもそれは未《いま》だ消えない」

あぁ……。私を嫌《きら》っていたと思った父のあの時の表情は、悲しみを堪《こら》える表情だったのか……。父の心の中心には母がずっと存在した。それがある日突然《とつぜん》欠けたとしたら、どれほど辛《つら》く苦しかっただろうか。しかも死という形で。

多分『好き』とはそういうことかと、この瞬間《しゅんかん》にストンと腑《ふ》に落ちた。

自分の中心にある存在。それが欠けたら回らなくなってしまうもの。

私もエミール君がいなくなったら、隣にいないことに常に苦しみを感じるかもしれない。

そのことを想像して胸が締《し》めつけられた。今の父の姿は、エミール君がいなくなった後のあり得たかもしれない私の未来だ。

「エレナを忘れようと、屋敷《やしき》中にある彼女の肖像画《しょうぞうが》も撤去《てっきょ》し思い出の品も全《すべ》てしまった。フレデリカも年々エレナに似てきてしまい顔をあわせづらかった。そして私は仕事に逃《に》げた。そのせいで子ども達のことを放《ほう》っておくことになってしまった……」

「お母さまの物が一つも家に残っていなかったのは、そういうことだったんですね……」

父は母のことを見ないようにして逃げた。私も父から逃げていた。私達は驚《おどろ》くほど似た者同士だったのだ。

「私はお母さまに似ているのですか……？」

「ああ。よく似ている」

父は私をじっと見つめると、酷く切ない苦悶の表情を浮かべた。

（だから避《さ》けられていたの……。私がお母さまに似ていたから）

自分が悪いわけではなかったと知って、安心と悲しみの気持ちが同時に湧《わ》いてきてしまう。

「私はお母さまを思い出したかったのです。でも、思い出せる物が何もなくて……。だから、私は魔道具で作り出そうとしたのです。お父さまにも喜んでもらえると思ったから。だけれど受け取ってもらえず、魔道具を作ったことを咎められてしまって傷つきました」

「喜んでもらえると……？　実に私は愚《おろ》かだ。エレナの死を悲しんでいるのは私だけではなかったのに。あの時、感情的になってしまった。エレナに似てきたフレデリカに、エレナのことを思い出せと言われて、責められたかのように感じてしまった。そのことでフレデリカを傷つけてしまって、本当に私が悪かった」

「そう……ですか」

あの時、私に責められたと感じていたのか。母のことを忘れるなと。無性《むしょう》に悲しくなり、思わず眉をひそめ目を伏せると、隣《となり》にいたエミール君からギュッと手を握《にぎ》られた。

エミール君に視線を移し軽く頷くと、気を取り直し父に視線を戻《もど》した。

「ずっと後悔《こうかい》していたのだが、あれからフレデリカは私のことを避けていただろう？　嫌われても仕方がないことをしたと理解しているが、諦《あきら》めずに謝れば良かったと反省している」

「嫌っていると思われていたのですか……？」

父と私はお互《たが》い勘違いして傷つけあってしまった。私の逃避《とうひ》癖《ぐせ》も諦め癖も父譲《ゆず》りで、とても似ている。

「今更《いまさら》謝っても遅いだろうし、許さずとも良い。ただ、今からでもやり直させてくれないだろうか？」

「やり直し……？」

「あぁ。出来れば、あの時の魔道具を受け取りたいのだ」

「でも、お父さまはお母さまのことを思い出すのが、今でもお辛いのですよね？」

「そうだが……向きあわないといけない。エレナの死も、今までフレデリカのことを傷つけてしまったことも。まだあの時の魔道具があるのならばの話だが……」

私はいつも、あの魔道具――メモリーリーダーをポケットに入れて持ち歩いている。メモ代わりに使用しているからだ。あの時から幾分《いくぶん》改良をして性能は上がったが、基本構造は当時のままだ。

ボタンを押しながら、自分の脳内にイメージを思い描《えが》くと画面に表示され可視化される。私はそっとメモリーリーダーをポケットから取り出すと、父の横に座り、手渡した。使い方を父に説明し父が魔道具を起動させると、徐々《じょじょ》に母の姿が浮かび上がり始めた。

その姿は私が思い描くよりもずっと鮮明《せんめい》で、ライラック色の髪《かみ》をなびかせ白い花の前で無邪気《むじゃき》に笑う母の姿がとても美しかった。

（この姿が——お父さまの心の中にずっとあるお母さまの姿……。本当に私によく似ている）

父がボタンを離《はな》すと、その姿はメモリーリーダーの画面に固定された。

そして、メモリーリーダーの画面に大きな水滴《すいてき》が、一粒《ひとつぶ》落ちた……。私は父の涙《なみだ》と一緒《いっしょ》に自分のわだかまりも流れ落ちた気がした。

「フレデリカはこんな凄《すご》いものを、小さい頃《ころ》に作っていたのか……。今まで本当にすまなかった……」

「いいえ、もういいんです。使ってもらったことで解消しました。それに、お母さまがどんな方だったのか……思い出せた気がします」

母の姿が補強されたことで、私の脳内にあった思い出も次第《しだい》に色を持ち始めた。母がよく笑っていたこと。母に優《やさ》しく頭を撫《な》でてもらったこと。そして、母の代わりとしてもらったぬいぐるみのこと。

　結局、母からもらった犬のぬいぐるみだけは、私の力が足りないばかりに取り戻すことが出来なかった。

「お母さまとの約束を……私も守れませんでした」

「フレデリカも、エレナと約束をしていたのか？」

「はい。お母さまからいただいたぬいぐるみを、大切にすると約束したのに……」

「あぁ……それも、本当にすまない。私が全て聞いた時は既《すで》に遅《おそ》く、あのぬいぐるみは捨てられ時間が経《た》った後だった」

「え？　お父さまは捜《さが》してくださったのですか？」

「勿論《もちろん》、ローレンツ侯爵《こうしやく》家から窃盗《せっとう》されたのだ。くまなく捜索《そうさく》したに決まっている。あの家庭教師には、それなりの責任を取ってもらった」

「責任……？」

「もはや、あの一門は存在しない」

　一門が存在しない……？　平民落ちしたとか、そういうことだろうか？　ローレンツ侯爵家の息がかかった商業は幅広《はばひろ》く存在している。窃盗で何かしらの罪に問われたとしたのならば、それが理由で商売も旨《うま》くいかなくなり没落《ぼつらく》したのかもしれない。

　私は今まで私のせいでぬいぐるみを取り返せなかったと思っていたが、そもそも窃盗事件だった。そこにはいかなる理由も許されない。あの時、私がそのことを指摘出来ていれば、すぐ戻ってきたかもしれない……。今となっては遅いことだけれど。

「それよりも、お父さまはこのことを知っていてくださったのですか？」

「あぁ。執事《しつじ》から報告を受けたのだが、仕事で連絡《れんらく》を受けるのが遅くなってしまった。フレデリカには辛い思いをさせてしまった」

あの頃のお父さまは仕事で地方に出ており、手紙一つでも一ヵ月はかかったに違《ちが》いない。

昔から父は私を見てくれていた……。その事実が、たまらなく嬉《うれ》しい。

「……お父さま、ありがとうございます」

感謝されるとは思っていなかったのだろう、父は少し驚くと私を見て微《かす》かに表情を緩《ゆる》めた。

父はエミール君に視線をあわせると、一旦《いったん》呼吸を挟《はさ》んでから頭を下げた。

「…………どうか、私が出来なかった分まで娘《むすめ》を幸せにしてほしい」

父はさらに頭を下げ、エミール君はそれを受けて居住まいを正した。

「幸せはフレデリカさんが決めることなので、僕はフレデリカさんを幸せにするなんて言えません。ただ、フレデリカさんがしたいことは僕が人生を賭《か》けてでも実現させます。それがフレデリカさんの幸せに繋《つな》がるなら」

サラリと大きいことを言ってしまうエミール君に、父は驚《おどろ》き微かに笑った。

「ふ……っ。確かに、それは確実に実現させそうだ」

「ええ。どんなことでも。それにローレンツ侯爵が、フレデリカさんを幸せにすることは今からでも出来るじゃないですか」

「今から……？」

「ええ。これから先、ローレンツ侯爵にしか出来ないことが出てくると思いますよ。その時はフレデリカさんの力になってください」

「そうか……そうだな」

父は肩《かた》の力を抜《ぬ》くと、私に視線を向け慈愛《じあい》がこもった眼差《まなざ》しで少し笑った。そんな風に父から見てもらったのは初めてで、思わず私は泣きそうになってしまった。

その後応接室から退出し、エミール君を見送るために馬車の前まで来ていた。

「エミール君……。今日は本当に、その……ありがとう……」

私がたどたどしくお礼を告げると、彼は私を軽く抱《だ》きしめ子どもにするように頭を撫でた。

「？」

「いえ。フレデリカさんが泣きそうだったので」

私はそんな顔をしていた？　と慌《あわ》てて顔に触《ふ》れるが涙は出ていないようだった。そして彼を見上げるとニコリと微笑《ほほえ》まれた。

「良かったですね」

私の心の奥底にしまっておいた感情に触れられた気がした。抱きしめられ頭を撫でられ肯定《こうてい》してもらいたい。それは幼少時代にずっと求めていた感情。

しばらくしてから頷《うなず》くと、エミール君は馬車に乗り込み帰っていった。去っていく馬車をそのまま離れがたく見つめていると、不意に気づいた。彼が既に私の心の中心にいたことに。

彼がいなかったら、私は全《すべ》てを諦《あきら》めていた。父を理解することも、和解することも。

そして、幼い頃から抱《いだ》いていた自分を見てほしいという気持ちも、認めてもらいたいと思う気持ちも見て見ぬふりをしていただろう。

彼がいたから、私は自分が本当に求めるものに手を伸《の》ばすことが出来た。それは彼が諦めずに私の心の中まで来てくれたから。

（私……エミール君が好き……）


私はエミール君に『「好き」を理解してもらってから、返事がほしいです』と最初に言われていたので、ちゃんと返事しなければと思っていた。

ちゃんと『好き』を理解したし、その上で彼のことを『好き』だと伝えようと思っていたのだけれど……。私達は二人とも忙《いそが》しくなってしまい、なかなか伝えられないでいた。

エミール君が帰る元々の日にあわせて、私も研究室を辞《や》めることになった。

二週間後に辞めることが決まってから、研究室の仲間達からひっきりなしに今までの研究に関する質問をされ、それに回答するだけで時間が過ぎていく。

「フレデリカ嬢《じょう》、魔力《まりょく》波形の構造魔法式のこの部分なんスけど……」

「ああ、これは補足説明を昨日書類にまとめておいたから。後で渡《わた》すから皆《みな》で見ておいて」

「ありがとうございます！　ちなみにゲートエリアは持っていかないんスか？」

「この研究室のために作った物だし置いていくつもりだから、勝手に使って頂戴《ちょうだい》」

「んじゃ、ありがたく」

「フレデリカさんが研究していた魔石のフッカルト化現象なんだけど……」

一つの質問が終わったら、また次の質問が他《ほか》の人からされる。

頼《たよ》ってくれることは嬉しいし、いなくなる私やエミール君から、今までの研究のことを出来るだけ聞き出しておこうという気持ちはよくわかる。

しかし、なかなかエミール君と二人きりになれない。彼は最近忙しいらしく、終業後はすぐに帰ってしまう。

私も事業が本格的に動き始めたエミール君が忙しいのはわかっているから、邪魔《じゃま》はしたくないし、何とか空いていそうな時間に『好き』を伝えたい。

昼食も最近は研究室の皆で取ることになってしまい、それを無下に断るようなことは出来ない。

それに私も最近は食事が変化し、普通《ふつう》のお弁当を持ってくるようになった。それを見た皆が食べたそうにしていたので、多めに料理人に作ってもらい分けると喜んでくれたし、皆で食べる食事は楽しかった。

エミール君に『好き』を早く伝えたいのに。焦《あせ》る気持ちと裏腹に何も進展せず時間は過ぎていく。

そこで私は魔道具を製作することにした。時間がなくて伝えられないのなら、いつでも伝えられる魔道具を作ってしまえばいい。『好きを伝えるのは言葉だけじゃない』と彼は言っていたし、私が作った魔道具をあげることでより気持ちを伝えられるに違いない。

私は良いアイデアだと思い、新しい魔道具を作ってそれで彼に『好き』を伝えようと決めた。

そうと決まったら早速《さっそく》時間外に工作室に籠《こも》って作業をした。そして試行錯誤《さくご》を繰《く》り返しながら、ギリギリ辞める前日に魔道具を完成させた。

エミール君から以前もらった金砂を使い、『離《はな》れていても連絡が出来る二つの板の魔道具——通称遠隔《つうしようえんかく》ボード』を作った。

遠隔ボードは少し大きめの本と同じサイズで、白く薄《うす》い板だ。

この遠隔ボードは対《つい》になっており、一つの遠隔ボードに文字を書くと、共鳴したもう片方の遠隔ボードでも同じ文字が表示されるという仕組みだ。中に入れた金砂が、とある加工を施《ほどこ》すことによって、離れたボードの共鳴を可能にしている。

時間差はなく距離《きょり》も関係がない。これでいつでも連絡《れんらく》が取れる。動作テストも問題なかったし、後はこれをエミール君に渡《わた》すだけだ。

終業後、急いで帰ろうとしているエミール君を捕《つか》まえて私は遠隔ボードを手渡した。

「良かったら使って。これで離れていても連絡が取れるから」

「離れていても……？」

エミール君は一瞬《いっしゅん》固まり、私が差し出した遠隔ボードを受け取った。

「渡したそれと私が持っているこれは共鳴するシステム。今、実演する」

私が自分のボードに横に付属したペンでサラサラと文字を書くと、エミール君に渡した遠隔ボードも光りだし全く同じ文字が表示された。

「え……？」

「ほらね。離れていてもこうやっていつでもメッセージが送れる」

彼はじっと黙《だま》って遠隔ボードを見入っているが、私の視線に気づくとニコリと笑った。

「……ありがとうございます。これがあれば、物流の迅速《じんそく》化が進むと思います」

「ええ。金砂が手に入りにくいことがネックだけれど、それさえ解決出来れば必須《ひっす》の魔道具に出来ると思う。それに私達も離れていても連絡が取れるでしょう？　文章を消す時は、このボードの記入範囲《はんい》の横についているツマミを摑《つか》んでバーを上げれば……」

「金砂の共鳴がリセットされるんですね。フレデリカさんはすぐにこんな物を作ってしまえて、本当に凄《すご》いですね……」

「ありがとう」

「……フレデリカさんは、僕から離れるつもりですか？」

「え……？」

てっきり私は彼に喜んでもらえると思っていた。しかし、彼は喜ぶどころか少し怒《おこ》っているかのように感じる。

「いえ。何でもないです。気にしないでください。じゃあまた明日《あした》」

彼は力なく笑うと、そのまま歩き出し行ってしまった。私は一瞬呆然《ぼうぜん》としたが慌てて自分の鞄《かばん》を取り、身体強化ブレスレットを起動させた。

いつも使っている馬車乗り場まで走っていくが、既《すで》に彼は帰ってしまい姿が見えない。

(この馬車乗り場を使っていない……？　そういえば、前に近くの公園に行った時に、あちらの馬車乗り場を使っていると言っていた)

身体強化ブレスレットの効果をもう一段階上げると公園まで全速力で走った。

「……いない」

他の馬車乗り場も使っていると言っていたし、今日はここを使っていないのかもしれない。こうなったら、彼の家まで押しかけるしか……と近くのベンチに座って考えていると、馬車に乗り込むエミール君が見えた。

慌てて駆《か》け寄り、彼が乗りかけた馬車に彼を押し込み、無理矢理一緒《いっしょ》に乗り込んだ。

「フレデリカさん!?」

「話をしよう」


フレデリカさんは僕の隣《となり》に座ると、走って来たせいか息を整えている。

「大丈夫《だいじょうぶ》ですか?」

「身体強化ブレスレットを使っていても、ある程度は疲《つか》れるから……。捜《さが》したよ。公園まで別ルートの道があったのね」

「僕はこのまま帰る予定でしたが……、侯爵邸《こうしゃくてい》に送りましょうか」

「私も一緒に君の家? ホテルに行く」

「え?」

正直、今は自分の感情が制御《せいぎょ》出来なそうで危《あや》うい。先ほど、フレデリカさんに遠隔ボードを渡された時も、自分の醜《みにく》い感情が吹《ふ》き出しそうになってしまった。

フレデリカさんが僕から離れることを前提にあのような物を作って、それを嬉《うれ》しそうに渡してくるので怒《いか》りに似た悲しみを感じてしまった。

自分の悪い部分は見せたくない。受け止めてもらえるとは思っていないから。

「私はお父さまの件で学んだの。ちゃんと話をしないといけないって」

「いや、でも侯爵家の人達に伝えてないでしょう？」

「それは後でさせるから大丈夫」

僕は何とか理由をつけてフレデリカさんを侯爵邸に送ろうとしたが、意志が強くこもった瞳《ひとみ》に見つめられて降参した。

（フレデリカさんは魔道具の時もそうだけれど、こうと決めたら貫き通すからな……）

「わかりました。じゃあ、帰りは送りますから」

「ええ」

僕はそのまま自分の部屋までフレデリカさんを連れてくると、対面のソファに座らせ自分の従者に紅茶を淹《い》れるように頼《たの》んだ。

「もう色々と片づけてしまったの？」

フレデリカさんは淹れてもらった紅茶を飲みながら部屋をぐるりと見回し、前回来た時との荷物量の差を確認《かくにん》している。

「ええ。もうすぐ帰国しますからね。まとめられるものは全部。フレデリカさんの方の荷物はどうしているんですか？」

僕は取り留めのない話をして時間を稼《かせ》ごうと思った。ある程度時間を稼いだら、侯爵邸まで送ってうやむやにしようと思っていた。

実はここ最近、フレデリカさんが他《ほか》の研究員達と楽しく会話しているのを見て、どうしようもない不安とどす黒い嫉妬《しっと》が湧《わ》き上がってくるのを抑《おさ》えることが出来ずにいた。

僕がいなくても皆《みな》と打ち解けて話しているし、フレデリカさんも以前より明るくなった。僕はフレデリカさんに研究してほしいと願いながら、僕以外の人と楽しく会話していることに嫉妬してしまうのだ。婚約《こんやく》したことで、彼女を失う恐怖《きょうふ》も生まれてしまった。

いつか……フレデリカさんと同じくらいの天才が出てきたら、その人と人生を共にしたいと思うかもしれない。僕はどれだけ頑張《がんば》っても届かない。必死に勉強するぐらいしか出来ない。

僕がいくら自分の檻《おり》の中に閉じ込めようと思っても、彼女は持ち前の能力で逃《に》げ出してしまうだろう。

フレデリカさんの幸せを願っておきながら、そのじつ僕は彼女に孤立《こりつ》して、僕が与《あた》えるものだけを受け取って、僕だけを見ていてほしいのだ。こんな僕の醜い感情は許されない。

僕はそんな感情を笑顔《えがお》の裏に隠《かく》した。

「荷物は家の者に全《すべ》てまかせているけれど……。最近エミール君は忙《いそが》しかったでしょう？

ちゃんと話をする機会がなかった」

「ええ。本格的にローレンツ侯爵との事業が進み始めましたからね」

これは嘘《うそ》だ。ローレンツ侯爵の有能さもあって、滞《とどこお》りなく進み始め僕はさして忙しくはない。

単に忙しそうにしていたのは、他の人と楽しそうにしているフレデリカさんを見ないようにして、自分の感情を抑え留学の最後まで耐《た》えるためだった。

研究室の人達は良い人ばかりだとわかっている。僕からフレデリカさんを取るつもりなんて、毛ほども思っていないのもわかっている。僕達二人が婚約したことを自分のことのように喜んでくれている。だから、辛《つら》い。

「そう……」

フレデリカさんは顎《あご》に手を当て黙ってしまった。彼女は何かを思いついたように立ち上がって、僕の隣に座った。

「フレデリカさん……？」

それから僕の手を握《にぎ》ると、僕の顔をじっと見つめてきた。全てを見透《みす》かすような琥珀色《こはくいろ》の瞳に少し気圧《けお》されてしまう。

「ど、どうしたんですか……？」

僕はフレデリカさんの突飛《とっぴ》な行動に驚《おどろ》き、手を離《はな》して距離を取ると、彼女は視線を僕の右手首に移す。僕の心拍計《しんぱくけい》は光っていなかった。

（しまった……）

僕は一瞬狼狽《うろた》えてしまい、フレデリカさんはそれを見逃《みのが》してはくれなかった。

「私だって、エミール君をずっと見てきた……。何かあった？」

心配そうな顔で僕を覗《のぞ》き込んでくる。心配してくれるフレデリカさんが、こんな時まで愛《いと》おしい。でも、今日ばかりは素直《すなお》に喜べないでいた。

「僕はフレデリカさんのことがいつも好きですよ？　さっきは驚いただけで……」

貼《は》りつけた笑顔で心拍計が光らないことの言い訳をするが、真実を見通そうとするような瞳はそれを許さない。

「君が私のことを、いつも好きなことはわかっているの」

僕は何も理解してないと皮肉めいた気持ちになってしまう。フレデリカさんの何も疑わない純真無垢《むく》な瞳がたまらなく僕を苛《いら》つかせる。一体、僕の何をわかっているのか。

「わかっている……ですか？」

「ええ。君があれだけ伝えようとしてくれたから」

「そう……ですか」

「だから、私は人に好かれるということも、人を好きになるという気持ちにも気づけた」

僕が伝えていた『好き』は表面上だ。本当は醜く黒い感情も含《ふく》んでいる。僕のフレデリカさんへ向ける『好き』は、そんな『好き』だというのに。

「私も……エミール君のことが好き。ずっと言わなくてはいけないと思っていたけれど、伝えるのが遅《おそ》くなった」

フレデリカさんは少し顔を赤らめると、恥《は》ずかしそうに目を伏《ふ》せた。

ずっと求めていた言葉。

だが僕のことを、本当に好きなわけではないと知っている。

だって、僕がそう勘違《かんちが》いするようにずっと仕向けてきたから。

途端《とたん》に心の奥からドロリとした黒い感情が溢《あふ》れ出してしまって、抑えるのが間にあわない。

「……フレデリカさんは、ドキドキすることが必ずしも『好き』とは限らないと聞いたらどう思います？」

「……え？」

フレデリカさんは目を大きく見開き、不安げな表情を見せた。

「フレデリカさんは、今まで異性と触《ふ》れあう経験が極端《きょくたん》に少なかったですよね」

「そ、そうだけれど……」

「普通《ふつう》異性と触れあうと、慣れていないうちはドキドキしてしまうものなんです」

「で、でも、私が最初にエミール君と実験をした時は、私の心拍計は反応しなかったでしょう？」

「その時は僕のことを異性だと認識していなかったせいでは？」

僕は自嘲《じちょう》気味に笑ってしまう。異性と認識して初めてドキドキする。それは生まれたての雛《ひな》みたいなものだ。だから、フレデリカさんの心拍計が光ったのは、僕のことを単に異性だと意識しただけ。

そして最初に過剰《かじょう》に「好き」と伝えて、当たり前になったある日わざとそれを止《や》める。そうすればフレデリカさんは不安になって、僕を意識して考えるようになるだろうとも思っていた。なので、あの日急に言うのを止めた。

短期間で落とすためには、こうするしかなかった。

フレデリカさんが結婚に頷《うなず》いてくれさえすれば、たとえ僕に偽《いつわ》りの感情を抱《いだ》いていてもかまわなかった。最初は。

「異性だと認識……」

「ええ」

「で、でも……私は君といるのが楽しいし」

「それも、研究室で初めて仲良くなったのが僕だから好きだと思っているだけですよ」

フレデリカさんが眉《まゆ》をひそめ、今にも泣きだしそうな表情を浮《う》かべた。

僕はこんな表情をさせたかったわけじゃないのに……。

「……ごめんなさい。でも、これでわかったでしょう？　僕のことを好きなわけじゃない。僕じゃなくてもいい」

「そんな……わけが、ない……」

フレデリカさんは信じられないように微《かす》かに首を横に振り俯《うつむ》いた。

こんなことは生涯《しょうがい》言うつもりはなかった。最初は勘違いでも僕のことを好きだと思ってもらえればそれで良かった。満足出来た。しかし、婚約することでもっと欲《よく》が生まれてしまったのかもしれない。

フレデリカさんはガバッと顔を上げると、僕に向き直り射貫《いぬ》くような視線を向けた。

「でも、私が好きになる以前に、エミール君じゃなければ私まで辿《たど》り着かなかった」

「それは僕が、単に諦《あきら》めが悪いだけで」

「違う。ちゃんと今度は教えて。『好き』って何？」

「え……」

「私にどういう風に好きになってほしいの？」

僕の目を真っすぐ見て的確に衝《つ》いてくる言葉に、僕は怯《ひる》んでしまう。

「そ……れは……」

口から出すのが怖《こわ》い。僕は本心を理解してほしいと望んでいながら、伝えて嫌《きら》われるのが何より怖かった。

「結婚した後にゆっくりそうなっていければ、僕は……」

僕は先延ばしにして、この場から逃げようとした。しかし、フレデリカさんの瞳《ひとみ》はそれを許さない。僕は罪を懺悔《ざんげ》するような気持ちで自白してしまった。

「……僕だけを求めてほしいです」

「求めてほしい？」

「僕がフレデリカさんを求めるのと同じ熱量で、僕のことも求めてほしいと願ってしまうんです」

一度言葉に出してしまった欲望は、どんどんと僕の口から流れてしまう。

「僕は人生でフレデリカさんしかいらないんです。フレデリカさんだけが僕の生きる理由で全《すべ》てだから。それと同じ気持ちになってほしい……。でもそれが無理なこともわかっているんです」

僕は彼女の反応を見るのが怖くて、前にあるテーブルに視線を移した。

「それが『好き』ということ？」

「……それだけじゃないです。僕の『好き』はもっと醜《みにく》い」

僕は俯いて、自分の腿《もも》に置いていた手を握りしめ見つめた。

「醜い？」

「ええ。僕はフレデリカさんが僕以外を見ることに耐えられません。だったらいっそのこ

と、貴女《あなた》を閉じ込めて僕しかいない世界にしてしまいたい。そして僕だけを求めてほしい……そんなことを願ってしまうんです。……それが僕の『好き』です」

「閉じ込めたいの？」

僕は自分の中にあるものを吐《は》き出してしまい、次第《しだい》に後悔《こうかい》が押し寄せる。

フレデリカさんの声色《こわいろ》はいつもと同じで、驚《おどろ》きや批難めいたものは混じっていなかったが、どう思われるのかが怖い。

「…………引きましたよね。僕はフレデリカさんに外の世界で自由に魔道具《まどうぐ》を作ってもらいたいと思いながら、同時に外の世界を知って僕から離《はな》れることを恐《おそ》れているんです」

「いいよ。君がそれを望むなら」

「え？」

思わず僕が横にいるフレデリカさんを見ると、平然とした表情を浮かべていた。

「私は魔道具を作る環境《かんきょう》と、君さえいればいい」

「何を……言って」

「だって、してほしいのでしょう？」

フレデリカさんはまるで、それが至極《しごく》簡単なことのように言い切った。

「僕は、貴女を閉じ込めたいと言ったんですよ？　僕以外に誰《だれ》にも会わせず、どこにも行けなくなってしまうんですよ？」

「そんなこと。元々私は仕事以外で誰かに会うことはなかったし、たいして出かけたりもしていない。あまり変わらない」

なおも何てことはないように語る姿に、こちらが慌《あわ》ててしまう。

「ちょっと待ってくださいっ！　僕はどんな手を使ってでもフレデリカさんを手に入れたくて、現に姑息《こそく》な手を使って結婚まで持っていって……。しかも、閉じ込めたいと願うんて、フレデリカさんの隣《となり》にいる資格がないんですっ」

異常な執着《しゅうちゃく》を抱《いだ》いているこの性格のせいで、フレデリカさんに将来見捨てられてしまうとずっと恐れているのだ。

次第にフレデリカさんの目が据《す》わり始め、苛立《いらだ》たしげに声を荒《あら》くした。

「どんな手を使ったっていいでしょう!?　最終的に私を好きにさせたんだからっ！」

「え……？」

「姑息でも卑怯《ひきょう》でも何でもいいっ！　最短で私の心まで到達《とうたつ》出来たでしょう？　だったら、そのやり方が正しいってことじゃないっ!!」

「た……正しい？」

「そう！　やり方に間違いなんてない。私の心まで来られたのはエミール君だけっ！　君だけが魔道具を好きな本当の私を見てくれた」

「でも、これから他《ほか》の世界を知ってしまったら、フレデリカさんに好きな人が出来るかもしれないですし……」

フレデリカさんは強引《ごういん》に僕の顔を両手で包み込むと、目をあわせるように向き直らせた。

「じゃあ、これから君が私を好きにさせ続ければいいだけの話っ！」

「え？」

「君が言う本当の『好き』が、人生の全てで中心にいる人物を指し示すなら、君が私のその存在になり続けられるよう諦めなければいいだけでしょう？」

フレデリカさんの美しく強い瞳に戸惑《とまど》っている自分が映り込む。

「諦めない……？」

「君は諦めないところが長所だと思っていたよ。違うの？　得意でしょう？」

「そ……う……ですね」

僕は諦めが悪いところが欠点だと思っていた。でも、長所だと言われて目から鱗《うろこ》が落ちた思いだ。

「私は君の諦めない姿はずっと見てきたよ。この姿は本当の君でしょう？　君が諦めないでいてくれたから、私の心の中にまで辿り着いてくれた」

「フレ……デリカさん……」

「そんな人、君以外いないでしょう？」

じわりと視界が歪《ゆが》む。僕のこんなところも認めてくれる。

「いい？　私の隣にいる資格は私が決める。だからエミール君は私の隣にずっと一緒《いっしょ》にいて」

力強く言い切るフレデリカさんは美しくて、また恋《こい》に落ちてしまった――。

急に胸の奥からとめどなく気持ちが吹《ふ》き出してしまい、フレデリカさんを力まかせに抱《だ》きしめてしまう。

「大好きです。好きです……。本当に」

「苦しいよ……。でも良かった。やっといつもの君に戻《もど》った。その方がいいね」

僕が抱きしめる力を少し緩《ゆる》めると、フレデリカさんは僕の背に手を回して僕の背中を撫《な》でた。小さな温かさと背に感じる優《やさ》しさに、胸がキュウと締《し》めつけられる。

「ずっと……、ずっと諦めません。諦めたくないです」

「私も君に好きでい続けてもらうために頑張《がんば》るよ」

「そんな……僕がフレデリカさんを好きじゃなくなることなんて、あり得ません！」

僕は咄嗟《とっさ》に身を起こしフレデリカさんの両肩《りょうかた》を抱いて、起こりえない未来を否定した。

しかし、彼女は首をゆっくりと横に振《ふ》った。

「未来のことはわからないでしょう？」

「そうですが……」

「だから、わからない未来のことで不安にならないで」

「………わかりました」

嫉妬《しっと》することを抑《おさ》えるのは容易《たやす》く出来ないと思うが、フレデリカさんのためにも頑張ってみよう。そのことを感じ取ったのか、彼女は優しい眼差《まなざ》しで僕を見つめた。

「それに、君は私の気持ちを勘違《かんちが》いだと思っているようだけれど、私の心の中心には君がちゃんといるよ。私の今の気持ちだけを受け取って」

「今の気持ち？」

「うん。私は――今、君のことが大好き」

一斉《いっせい》に花畑の花が開くような笑顔《えがお》だった。

「笑って……」

その笑顔は幼い頃《ころ》恋に落ちた時と同じで、僕はフレデリカさんのこの笑顔がもう一度見たくて追い続けてきた。

「……笑う？」

フレデリカさんはキョトンとして自覚がないようだったが、僕は思わず衝動《しょうどう》にまかせて口づけてしまった。

フレデリカさんが身を硬《かた》くするのを感じて、慌てて唇《くちびる》を離したが遅《おそ》かった。

目を見開き顔を赤くしたまま固まっている。

「ご、ごめんなさい。……つい」

僕は咄嗟に謝ったが、未《いま》だ固まったままで何も答えてくれない。僕は怒《おこ》らせてしまったのかと焦《あせ》り罪悪感が沸《わ》いてくる。

「まだ早かった……ですよね？」

「…………今のは何？」

「え？」

フレデリカさんの声色は怒っているというより、純粋《じゅんすい》にわからなそうだった。

（フレデリカさんはキスを知らない……？）

学院に通わず友達もいないのだから知らなくてもおかしくない。男女のことは知識がないのだろう。

「……キスです。その、恋人がするものというか、愛情表現というか……」

「恋人がするもの……」

フレデリカさんはいつもと同じ声色で答えたが、顔は先ほどから赤いままで瞬《まばた》きの回数が増えている。

（……っ！　カワイイ）

冷静を装《よそお》っているフレデリカさんがたまらなく可愛《かわい》くて愛《いと》おしい。ギュンと胸を衝《つ》いてくる衝撃《しょうげき》が苦しいほどだ。

「……そうです。恋人同士が普通《ふつう》にするものです」

「普通に……？　そう……なの」

（フレデリカさんは、それが普通と言ったら信じてしまう。まぁ嘘《うそ》は言っていないと思うけど。そこもカワイイ。可愛すぎる）

「フレデリカさんが嫌《いや》なら待ちますが……」

「……嫌……ではない……けれど」

フレデリカさんの顔はどんどんと赤くなっていき目が潤《うる》み始める。僕はゾクゾクとしたものを感じて、つい意地悪してしまった。

「慣れるためにも、もう一度してみますか？」

「……なっ！」

本当にするつもりはなかった。するフリをして直前で止めようと思っていた。

フレデリカさんの顎《あご》を持ち上げると、彼女はギュッと目を閉じて首元につけている魔道《まどう》具《ぐ》を摑《つか》んで――。

途端《とたん》にフレデリカさんが光の粒《つぶ》に包まれ、自分の元から消えてしまった。

（――しまった。緊急脱出《きんきゅうだっしゅつ》用の魔道具……）

「流石《さすが》にやりすぎた……」

瞬時《しゅんじ》に後悔《こうかい》と罪悪感が襲《おそ》ってくる。好かれていると思って調子に乗ってしまった。

フレデリカさんからもらった遠隔《えんかく》ボードがあったと思い出し、それで謝罪しようかと思ったが彼女の鞄《かばん》ごとボードもここに残されている。

「これをもらった時も、酷《ひど》い対応を……」

どんどんと落ち込んでいき、僕は慌《あわ》てて部屋を出てローレンツ侯爵《こうしゃく》家へ向かった。

着くや否や土下座する勢いで謝り倒《たお》すと、フレデリカさんは困りながらも許してくれた。

ションボリしながらも帰宅すると、僕の部屋に置いてあった遠隔ボードが光りだし、フレデリカさんが書いたと思われる文字が浮《う》かび上がる。

『今度は逃《に》げないから』

しかし、読み終わった瞬間文字が消えた。再び遠隔ボードが光ると『おやすみなさい』と書かれていた。さっきの文字は恥《は》ずかしくて消したのかもしれない。

僕は一人クスリと笑うと『おやすみなさい』と返事して明日《あした》の準備に取り掛《か》かった。

終章　終わりもプロポーズで

昨日エミール君から逃げてしまい、どんな顔をして会えばいいのかと気が引けながらも最終日となった研究室のドアを開ける。

「フレデリカさん！　大好きです！　僕と結婚《けっこん》してください！」

そこには私に向けて跪《ひざまず》き、指輪ケースを開けて差し出した正装姿のエミール君がいた。

「え……？」

一瞬思考が停止する。私達は婚約したはずでは……？

「フレデリカさん、僕と結婚していただけますか？」

「え……？　勿論《もちろん》……？」

私が戸惑《とまど》いつつも承諾《しょうだく》すると、一斉に発光した白い花吹雪《はなふぶき》が舞《ま》った。エミール君は私の手を取り指輪を私の薬指にはめて唇を寄せる。

研究員の皆《みな》も揃《そろ》っており大きな拍手《はくしゅ》が送られ、未だ状況《じょうきょう》が摑めず固まっていると、立ち上がったエミール君から抱きしめられた。

「ありがとうございます！」

拍手が大きくなり私が皆の方を見ると、とても嬉《うれ》しそうに笑ってくれている。

「良かったね」

「おめでとう！」

「お幸せに！」

皆から口々に祝われるが、私はなぜこんなことになっているのか理解出来ない。

「私達、既《すで》に婚約しているでしょう？」

エミール君に体を離《はな》してもらい質問するが、研究室のペトル君から先に返答があった。

「俺達が祝いたかったんスよ。前から皆でそう話していて」

「前から……？」

「婚約して二人揃って研究室を辞《や》めるって決まってから、何か皆でお祝いしたいっスねって」

「そうそう。だから、この幻影《げんえい》の花の魔道具《まどうぐ》を作ってみたんだ」

カール君は得意げに、先ほどから空中を舞っている白い花びらを捕《つか》まえるフリをした。

私も手を出してみると、花びらは手をすり抜《ぬ》けて空中で消える。

「なるほど……、光魔法で形作っているのね」

「それに、ずっと話を聞いていたから感慨《かんがい》深くて」

「話？」

カール君はニコニコと懐《なつ》かしそうに、横にいたペトル君と笑いあった。

「うん。エミール君がここに来た頃《ころ》に、僕達にフレデリカさんが好きで追ってきたって話してくれて……」

「そう。それで一気に仲良くなったんスよ。身分が高くても、何も変わらねーなって」

「あの頃は、話を聞いていても恋《こい》が叶《かな》うわけがないと思っていたし……」

「皆同情したんスよ。フレデリカ嬢《じょう》は殿下《でんか》の婚約者だったから」

「でも、こうやって結婚まで出来るなんて……俺達嬉しくって」

研究室の皆がウンウンと頷《うなず》いているので、チラッとエミール君を見ると恥ずかしそうに視線を逸《そ》らしている。

「それにずっと婚約指輪を作るために、フレデリカさんが帰ってから魔石の圧縮を試行錯誤《さくご》していて……」

「カールさん、ちょっとそれ以上は恥ずかしいですっ」

エミール君が赤い顔をしながら、カール君の喋《しゃべ》りを止めるとカール君は笑いながら謝った。

「婚約指輪？」

私が自分の指にはめられた指輪に視線を移すと、その指輪は以前城下町で購入《こうにゅう》したタングマイト魔鉱石で作られていた。中央に大きく丸いタングマイト魔鉱石と、それを補助する小さい三つの魔鉱石が両サイドに付属している。

「外殻《がいかく》と研磨《けんま》は宝石店にお願いして後は自分が作りました。敵意を探知したら自動的にシールドが張られる仕組みになっていて……」

「以前から作りたいと言っていた……？」

てっきりエミール君用の魔道具だと思っていたが、このためだったとは。サイズも私の指にピッタリで動かしても落ちそうにない。

「ありがとう。嬉しい」

「喜んでもらえて良かったです」

エミール君は心底嬉しそうに笑うが始業の鐘《かね》が鳴りハッと我に返った私は、デスクに向かおうとした。

「ちょ……っ！　今日はもうこのまま帰っていいんスよ。昨日で全《すべ》て終わってましたよね」

「フレデリカさん、今日は職員証とかを返すだけで終わりですよ。個人の荷物持ち帰りもありますけれど、もうないですよね？」

「そう……なの？　ええと、じゃあ……」

ペトル君とエミール君に言われ、私は皆に頭を下げた。

「祝ってくれて本当にありがとう。一緒《いっしょ》にゲートエリアが作れて楽しかった……。それに、今までもありがとう。皆と研究について言葉を交《か》わせたことが嬉しかった……」

少し思い出して心がジンとして黙《だま》っていると、エミール君がにっこり笑ってその後に続いた。

「皆さん、本当にありがとうございます。僕も、ここに来られて楽しかったです。今回のお祝いも……。皆さんが良い人達で凄《すご》く助けられました。研究所を通してだけではなく、個人でも連絡《れんらく》くださいね！　うちの国に来たら是非《ぜひ》」

私達が別れを告げると、皆手を振《ふ》ってくれて胸がじんわりと温かくなる。

「うん！　二人ともお元気で！」

「またこっち来たら寄ってください」

「お幸せに！」

エミール君と研究室を離れると皆の声が聞こえなくなり、私達は職員証を返すなどの手続きを済ませ、歩いて公園の方の馬車乗り場へ向かった。

こんな朝の中途半端《ちゅうとはんぱ》な時間に外にいると不思議な感覚に陥《おちい》る。

「これで終わりか……」

「寂《さび》しいですか……？」

「……少し。六年もいたから。今日は最後まで研究出来ると思い込んでいたから、予定が空いてしまったな……」

「じゃあ、この後デートしませんか？」

「デート？」

「ええ。両想《りょうおも》いになったから、手を繋《つな》いで歩いたり、一緒にご飯を食べたりとかしたいんですよっ……！」

「前、城下町に行った時みたいなこと？　いいよ」

快く承諾すると、エミール君は小さくガッツポーズをして喜んでいる。

私達は御者《ぎょしゃ》に行き先を告げると馬車に乗りこんだ。

「今回が恋人《こいびと》としての初めてのデートですね」

「恋人……でいいの？　婚約者って」

「恋人ですよ！　お互《たが》い好き同士……ですよね？」

「そうだね……」

恋人と言われ、昨日エミール君からキスは恋人同士がするものと聞いたのを思い出す。

(昨日は逃げてしまったけれど……今度は逃げない)

私が横に座ったエミール君をキッと見つめると彼は戸惑った表情を浮《う》かべたが、気にせず彼の顔を摑《つか》むと勢いのまま一瞬《いっしゅん》唇《くちびる》をぶつけた。

「え……？」

彼は大きく目を見開いて固まっている。やり方を間違《まちが》えただろうか……。

「昨日逃《に》げてしまったから。やり直し」

「え？　ええ？」

信じられない様子で自分の唇を押さえると、彼は顔が赤くなり始めた。

「今のは……キス？　フレデリカさんが？」

「恋人同士はするのでしょう？」

彼の赤くなった顔を見ていたら、段々私も恥《は》ずかしくなってきてしまって目を逸らす。

「そ、そうですけど……、まさか、フレデリカさんからしてもらえるとは思っていなくて。え？　えー……どうしよう嬉しすぎて死にそう」

「……そう喜ばれると恥ずかしい」

顔も熱くなり始め両頰《りょうほほ》を押さえるが、ますます熱くなっていく。勿論心拍計《もちろんしんぱくけい》はお互い高《こう》頻度《ひんど》で光り始めている。彼をチラリと見ると、今までにないくらい口元が緩《ゆる》みまくってフニャフニャとしている。

「そりゃ、喜びますよ！　八年間片思いしてきた好きな女の子からキスされるなんて、記念日として毎年祝いたいくらい……」

「それは止《や》めて」

彼ならしかねないと慌《あわ》てて却下《きゃっか》する。彼は私を見て蕩《とろ》けたように甘い笑顔《えがお》を見せたかと思えば、次の瞬間にはボボッと顔を赤くして苦しそうにしたり、また笑顔を満開にしたりとコロコロと表情を変えて忙《いそが》しくしている。その顔を見ていると、こちらもムズムズとしてしまい、ますます恥ずかしくなってしまう。

「僕はフレデリカさんが準備出来るまで待つつもりで……。なので、キス出来るのは次は結婚《けっこん》式かなって思っていました」

「準備？」

「心の準備というか、受け入れる準備というか……そのための時間が必要ですよね？　考え直して、やっぱり待ってと言われたら待ちますよ」

エミール君はご飯を目の前に置かれても食べずに飼い主を見る犬のように、キリッとしている。

「必要なもの？　そんなことで時間を無駄《むだ》にしたくない」

大体結婚までのスケジュールはもう決まっているのだ。心の準備とかいうもので、まごついていたら何も進まない。もう二度とすれ違わないためにも、解決出来る問題はさっさと解決しておかなければ。

「そうですか。じゃあ……フレデリカさん今度は逃げないでくださいね？」

「え……？」

私が彼の方を向いた瞬間、顎《あご》を持ち上げられ唇が重なる。反射的に身を引こうとするが、頭の後ろを押さえられてしまった。

昨日のキスよりも長く彼の唇の感触《かんしょく》を感じて、恥ずかしさで死にそうになってしまう。

(それに息が……出来ない！)

しばらくして解放され息を吸うも、すぐに戻《もど》されキスされる。

「何回する……の？」

「もう我慢《がまん》しませんよ」

「え……」

彼は指を私の指に絡《から》ませると口元に引き寄せ、私の指にキスをした。

「逃げられるとでも思ってます？」

彼の捕《つか》まえて放さないような瞳《ひとみ》に縛《しば》られ、私は動けなくなってしまう。

胸の鼓動《こどう》だけが速く動き、瞬《まばた》きさえ出来ずにいた。

「逃げる選択肢《せんたくし》をちゃんと与《あた》えたのに、それを蹴《け》ったのはフレデリカさんですよ」

「私……？」

「ええ。本気にさせたからには責任取ってくださいね」

彼の言葉に私は精一杯《せいいっぱい》の力を振り絞《しぼ》って小さく頷《うなず》くと、再度彼から口づけをされ、必死になりながら受け入れた。

——私の心拍計《しんぱくけい》は、いつまでも光っていて消えそうにもなかった。

あとがき

　はじめまして、拙作《せっさく》『婚約破棄《こんやくはき》された研究オタク令嬢《れいじょう》ですが、後輩《こうはい》から毎日求婚《きゅうこん》されています』を手に取っていただき本当にありがとうございます。作者のｎｅｎｏｎｏ《ネノノ》と申します。

　この作品は第22回角川ビーンズ小説大賞に応募《おうぼ》して、ＷＥＢ読者賞を受賞したものを改題・改稿《かいこう》したものになります。読者の皆《みな》さまのおかげで受賞することが出来ました。御礼《おれい》申し上げます。

　書籍化《しょせき》するにあたって大幅《おおはば》に改稿いたしました。応募時の作品は『婚約破棄された研究オタクの侯爵令嬢《こうしゃくれいじょう》は、後輩からの一途《いちず》な想いに気づかない』というタイトルでカクヨムに掲載《けいさい》していますので、興味のある方は読み比べてみてください。

　今回書いている途中《とちゅう》からメインキャラクター二人が暴走し、想定外の動きをし始めました。まず、エミールを脳内の空き教室に呼び出し面談すると拗《す》ねだし、作者の私が何を言

って も聞く耳を持ちませんでした。そこで、フレデリカを呼び出して隣《となり》に座らせたら段々とエミールに対してキレ始めました。それが終盤《しゅうばん》のフレデリカがエミールのところに押しかけるシーンになります。エミールもフレデリカの言うことなら聞いてくれたので、何とかなりました。二人共恋愛《れんあい》初心者なので、これからも色々ぶつかるんじゃないかなと思います。

イラストを担当していただいた、いとをっかし先生。最初にキャラクターデザインをいただいた時とても感動いたしました。素敵なデザインだったので、フレデリカやエミールの癖《くせ》や身につけている魔道具等作品に逆輸入させていただきました。本当にありがとうございます。

そして何より、小説のことがわからない若葉マークな私を導いてくださった担当さま、編集部の皆さま、デザイナーさま、校正さま、印刷所の皆さま、心より御礼申し上げます。誰《だれ》が欠けてもこの本は刊行出来ませんでした。最大級の感謝を。

それでは、もしまたどこかでお会い出来れば嬉《うれ》しいです。

nenono

「婚約破棄された研究オタク令嬢ですが、後輩から毎日求婚されています」
の感想をお寄せください。
おたよりのあて先
〒102-8177　東京都千代田区富士見2-13-3
株式会社KADOKAWA　角川ビーンズ文庫編集部気付
「nenono」先生・「いとをっかし」先生
また、編集部へのご意見ご希望は、同じ住所で「ビーンズ文庫編集部」
までお寄せください。

婚約破棄《こんやくはき》された研究《けんきゅう》オタク令嬢《れいじょう》ですが、後輩《こうはい》から毎日《まいにち》求婚《きゅうこん》されています

nenono《ねのの》

角川ビーンズ文庫　24446

令和6年12月1日　初版発行

発行者———山下直久
発　行———株式会社KADOKAWA
〒102-8177　東京都千代田区富士見2-13-3
電話 0570-002-301（ナビダイヤル）
印刷所———株式会社暁印刷
製本所———本間製本株式会社
装幀者———micro fish

●お問い合わせ
https://www.kadokawa.co.jp/（「お問い合わせ」へお進みください）
※内容によっては、お答えできない場合があります。
※サポートは日本国内のみとさせていただきます。
※Japanese text only

ISBN978-4-04-115554-7 C0193 定価はカバーに表示してあります。